献给女儿朵朵

抱剑

鲍剑 著

江苏凤凰文艺出版社
JIANGSU PHOENIX LITERATURE AND ART PUBLISHING

果麦文化 出品

目 录

I 季节在接力 我要逆风而行

II 我们的亲人在冬天，等春天

III 除了时间在守恒
一切都在加速

IV 我要留着一寸柔光照着自己

V 美好的事物 都是相依为命的

VI 我的每一根白发
都分担着我的负重

I

季节在接力
我要逆风而行

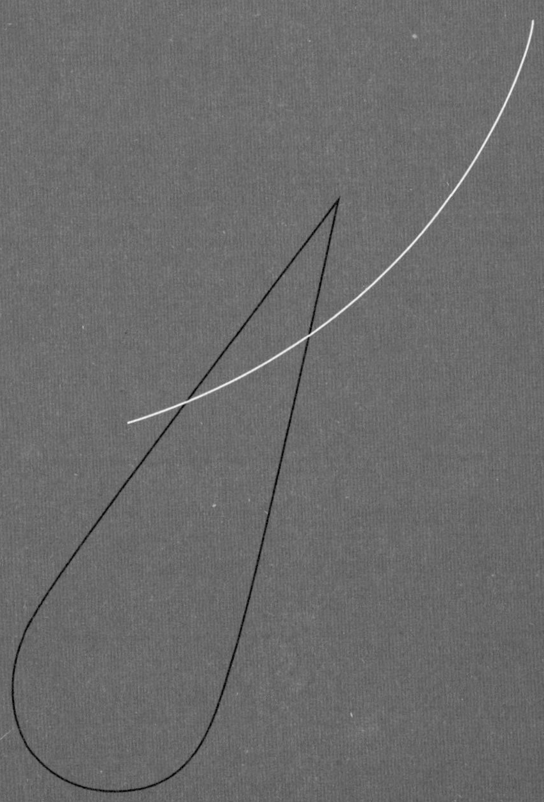

立春

为了这位叫雪的姑娘
我们都等白了头
这是整个北方的一场苦恋
苦恋，未必会结果
苦恋，就是结果
这就是北方的宿命

城市，或者村庄
从未像今天的早晨
如此惊艳，走进一幅中国画里
令人觉得眼前，风景已经多余
白色，需要这么一次宣言
以留白的名义
为北方中国化妆

这正是雪与大地的情怀
你可以触摸到

白雪皑皑下

大地深处滚烫的心

一个美好的春天

总是在最寒冷的季节发生

这是每一粒种子的使命

如同婴儿睁开睡眼

世界，变得新鲜、生动

在响亮的啼哭声里

冬去，春来。

2015.2.4 草

2015.2.7 改

星宿

坐在黑暗
一朵安详的莲花里
想象我在宇宙中的位置
如微尘，欢快地飘荡
每一颗星宿
都匆匆而过
化作人间一万年

我的眼睛在闪烁
胸中潮起潮落
除了我，还有谁在心跳
我想到了云
泪与雨，本是同根
屋檐下的滴答
让时间源远流长

大地深处

那些曲曲折折的血管

就是河流的雕塑

情绪和心跳，是翻飞的浪花

生命就盛开在浪尖

在一瞬间灿烂

在一瞬间凋谢。

2015.5.20

你与月

在太阳沉睡的时候
世界，需要一位叫月亮的女人
守夜。
如果愿意
整个夜晚
可以属于你
以及，一位叫月亮的女人
陪伴。

因为，我们常常
在白天走失
在夜晚才能找回自己
独处并不是孤独
你可以举杯邀月
她会梳理
白天凌乱了的情绪。

嗯，这一轮月
相照千年
每一次升起
都是初恋。

这就是人类
以诗性的名义
与月亮的相处方式
——在阴晴圆缺里
看清自己
悲欢离合的倒影。

2015.5.23

惊弓之鸟

一只鸟
在城市的空地觅食
我以占领者身份
向小鸟示好
小鸟惊飞了

我背着行囊
走进树林
我以占领者身份
向林子呐喊
小鸟惊飞了

一只鸟
无论在城市
无论在林中
它的巢都危机四伏

一只鸟

无论或清脆地鸣啾

或结伴斜飞

它的警觉和恐惧

都在瞳仁里

所有在城市筑巢

在林中筑巢的鸟

都是惊弓之鸟

这就是一只鸟

挥之不去的出身

它每次惊飞的背后

都潜伏着一张充满杀机的弓

今天，我们失去了小鸟

明天，我们的好友是谁？

2015.5.25

飞鸟和鱼

鱼翔浅底

鸟在穹顶

我在之间

我们各就其位

我们相互为邻

置身这样一幅图景

我会感动

飞鸟和鱼也会感动

鱼儿在水里

这就是鱼的自由

飞鸟在天空

这就是鸟的自由

我在飞鸟和鱼之间

这是我的自由

感谢上帝

这就是最好的安排

和飞鸟与鱼相处
我就要思考我与它们的关系
这真的很难
就如同很久很久以前的一只陶罐
鱼被想象于其中
而我要想象鱼如何上岸
与陶罐一起
变成了图腾

飞鸟也一样
在天空中飞翔
这是它最舒展的自由
由此想到囚笼
鸟被想象于其中
而我要想象鸟的挣脱
助它越狱而飞翔
我回到笼中

2015.7.4

我在等天塌下来

杞人忧天
外婆是杞人
外婆的小脚追不上我时
总会说
天要塌下来了
赶快回来吧
嗯，外婆的天要塌下来了
我要乖乖回到外婆的怀抱
这就是外婆的天
小脚外婆挟天
战胜了我的童年。

这是在外婆的翼下
留给童年的
半睡半醒的一个梦魇
并在
天要塌下来的

提心吊胆中
我渴望有一双
助我逃遁的翅膀
直到，外婆去世
杞人的天塌了
外婆的天还在。

一个最恐怖的故事
与美妙的童年
就这样相撞
直至，我
终于成长为一名
老奸巨猾的成人
仍然习惯于
把天塌下来，视为
人类瞳孔里
最黑暗的瞬间
一颗巨星
划过我们战栗的心灵。

于是

为了纪念杞人

为了纪念伟大的

可以一手遮天的外婆

为了纪念最黑暗的某一天

让我们的双目

举起火把

照亮夜空

在对峙中

我在等天塌下来。

2015.7.9

万物中的我

（一）

生命在征服生命

生命在掩埋生命

生命在赞美生命

生命比邻生命

这是一幅万物的置景

由上帝和祖先预设

如同幕布一样的星空

你我在前赴后继地闪烁

（二）

我每天在静候夜晚。

在万物呼吸的起伏中

我独醒

我与夜是一场长叙

从生命的拔节、盛开、凋谢

直至腐朽
生命就是如此
一个生命在谢幕
另一个生命拉开序幕

（三）
拥有一双翅膀
这是我的夙愿和遗言
这是我与生命的相约
我必须让生命飞翔一次
让体内每一个僵硬的细胞
不再矜持
并在舒展而欢快的一瞬间
羽化……
这是万物的最好结局：
生命旅程中
必须有一次插翅而飞。

2015.7.12

祖先的村庄

伫立在如此衰老的村庄
令我的时间和心跳
同时慢下来了
顺便想起了祖先
洞穴生活
也是最好的生活方式

埋藏背叛者的荒冢
已无人问津
杂草与野花在舒展生长
那些秘密埋藏其中
前世的预言
正在不可抗拒地应验

子孙们行走在不归路上
村庄被旁落
农耕的故事蒙上

败落的尘土
黯淡无光
妖艳的浪花
在潮头
昙花一现

鸡犬相闻的村庄
太阳照样升起
我已渐行渐远
直至望不到炊烟
诗词里的村庄
仍然是这样
祖先的村庄
记忆已模糊成一片

2015.8.28

万众矫情

在万众矫情的时刻
云，成为搅局者
夜幕，纯粹变成一块索然的幕布
所有的道具
被雨揭穿
雨，与夜
是中秋的置景
你的心情
正在了断这个夜晚的命运

雨，阻隔了你望眼欲穿的故乡
还有归途
这个季节，雨
代表了一种低落的情绪
这样的愁
也是一种源远流长的矫情
千万种愁

汇聚成矫情的美丽

这个时候

蓦然可见

那些愁，那些矫情，那些美丽

在风吹雨打中

在散落的宣纸片段里

连同你我，一起

流放到

诗词的故乡

2015.9.9

玻璃的城市

我被包围在夜色里
这是夜的力量和魅力
音乐以一种快感的方式
融入夜色
音乐，已灵魂出窍
瞧，那些攒动的人头
变成了抽象派
或者走得更远的作品

我不想重复简单的节奏
因为，所有的波动
可以简化为一种原始的节奏
而，我们随之起舞
这是祖先的专属
我们属于祖先的子民
但，我们堕落到了
很深很深的深渊

这是一条不归路

我已经搁浅
在这起伏不定的时节
没有谁能占领我的世界
或者坠落
或者升腾
那都是
与未来与过去的
倾心相约

不要停留在
或明或暗的
不确定的世界
我们被卷入其中
我们要走多么漫长的路
才能通往一个
也许早已熟知的村庄?
这就是一个村庄与一个城市
在今夜的遇见
在川流不息的灯火里

你不朽的造像

未必是我熟悉的面孔

那就让我们彼此走失

在今天

2015.9.13

呓语

（一）

我与我相约

不再携带灵魂。

我与灵魂，走失

然后，彼此开始追寻

就这样，我

一具躯体，徜徉在街头

惊讶地发现

所有人和我一样

与灵魂走失

然后，彼此在追寻

（二）

华灯初上

城市开始盛装

美丽，就这般登场

美丽，已经不起推敲
美丽，无须天生丽质

美丽，与灵魂失散
然后，彼此在追寻

（三）

我与家乡很远很远
我是一步步离它而去
投奔到一个叫城市的地方
这是一个村庄
与一座城市
之间的距离

我知道，我与家乡已经失散
然后，彼此在追寻

2015.9.14

人间

一万种人
带着一万种世俗面孔
穿梭在熙熙攘攘中
哪怕是一闪而过的虔诚
我们的灵魂
都会渐入佳境

到底谁在人间？
脚步徘徊
难以割舍
红尘是穿不透的屏障
我们就是红尘中的一粒
摇摆在两扇门间
有时，也会找不到去向

即使有无数条通途
依然会走入迷途

谁是那只著名的羔羊
在彷徨中
等待一颗流星划过
光芒化作灰烬
黑暗如期占领

每一寸干裂的土地
在等待天赐甘露
令所有的供奉者，被供奉者
都回到人间
世界重归宁静
日出而作，日落而息

——读《人的宗教》感悟

2015.9.16

我要去拜会一座山

我要去拜会一座山
与之相对
举杯相邀
我要学学山的定力
一万年不动
看好动的人类
忙来忙去
如同堆积木一样
堆砌，崩塌，再堆砌
重复一万年积木游戏

我要去拜会一座山
与之相对
举杯相邀
我要学学山的不语
一万年不说
看聪明的人类

争来争去

把一个道理

纠缠成一万种道理

我要去拜会一座山

与之相对

举杯相邀

我要学学山的淡定

一万年不惊不怒

看敏感的人类

大喜大悲

把自己折腾成

一根脆弱的芦苇。

2015.9.18

重返马背

（一）

这是夜色降临的前夕
太阳余晖下
盛装的金色大地
一匹白马
从童话里走出来
它的恬静如少女在窗前
就这样久别重逢
我们相对，而不语
摸着它的项颈
感受相互的体温
老友之间的问候就是这样
这，胜似千言万语
安静地听对方心跳
这是恋爱的感觉

（二）

天高地厚

天地之间

我在马背上

胜似云中漫步

地平线梦幻般升起

一匹白马站立在黄昏

留下了不朽的塑型

在马背上，代表了一种生活

我能真实感受到

祖先在马背上飞驰而过

变成一团背影

这是白驹与时间的传说

然后，时间老了

速度被一种叫电的怪物

以及怪物附体的怪物

带走了

（三）

马背上的英雄

与急骤的马蹄声

渐隐渐现

这个时代和之后的时代

都已奔向陌路

我必须滞留在马背上

让时间慢下来

让风潮呼啸而去

我已重返马背

在高高的马背上

如同站在山巅眺望

这不是物理意义上的高度

这是一匹马

带给你的高度

这意味着，从这一刻开始

骑士，与骑士的灵魂

一起复活了。

2015.9.26

我要清空
只留下星空

十年以后
我会破壁
我要走下山
变成人间的一块壁

在熙熙攘攘中
风来雨语中
儿女情长中
我还能作壁上观？

2015.10.21

面壁

假如面壁十年
我与壁相对
世界与我相忘
我还会想些什么？

我与壁相对
这不是对峙
此刻，我的世界
剩下我和壁

我闭上眼睛
一万年往事穿过

废墟

我们正在亲历
废墟上的历史幻象
幻象下
是一片风吹雨打过的战场
这是一代代的折返与轮回
杀戮、呐喊、热血澎湃
使历史变得绵延起伏
不再如河流
在某些流段中的平庸表现
所有卑微的人
卑鄙的人
目空一切的人
逃隐的人
被颂扬的人
都无一幸免地魂归大地
别无选择地、前仆后继地堆积成废墟！
而我，被裹挟在历史的幻象中

成为这废墟的一部分宿命

可以是一抔土

可以是枯荣折返的一根草

可以是青衣墨客

可以是执剑侠客。

可以是这堆废墟上出没的幽灵。

2015.10.22

我的重量

当人间寂静

仰望天空

这已经变成习惯

与星星对望

这也已经是默契

目光消失在虚无缥缈中

星际的回音

永远在途中

这一路的奔波

令距离变得遥遥无期

我能看多远就有多远

我能想多远就有多远

这就是自由的定义

自由随时会囚禁

在我们自己制造的

牢笼与枷锁中

每一朵花的绽放

都在暗喻

生命可以舒展在阳光下

亦可以沉入

心灵的黑暗中

无论如何，脚必须踩在大地上

这是我暂居的家园

在星空下

我一个人

如站在微尘上

这就是一粒地球

在宇宙中的重量

由此，我称出了

我的重量。

2015.10.22

我心中灯火通明

这一双睡眼
光芒暗淡
已无力穿刺
包围在我身边
侵入我体内的夜
这是一种对生命的涂鸦
你读不懂的心思
就沉淀在窗外
随波逐流的灯影里

对阳光的膜拜
从最黑暗处爆发
这更像是一场
关于色彩的战争
每一种色块
都鼓动你的士气
让灵魂飞舞

雪在优雅地装点世界
也可以冰封世界

我要改变
这千篇一律的
睡眠或醒来
生活是否可以重置
哪怕是随心所欲
摆脱对生命的废弛
以拒绝
我凌乱的钟表
滞留在三更。

我会不会因此而走失？
在这么重要的时间窗口
张望，或重新选择方向
夜如昼
我心中灯火通明

2015.10.27

霾，这个词

我们，自尊的人
最早制造了霾
我们是霾的种子

霾，这个词
阴沉沉的
代表了一种势力
在累积
在城市的上空累积
最终，成为城市上空的占领者

抑郁，是霾的性格
在抑郁的天空下
城市变得抑郁
于是
城市的表情变成了霾
城市的性格叫抑郁

这是深秋

小鸟逃离的时刻

空气倦懒

阳光昏黄而无力

再强大的树，也喘着气

伸出呼救的手臂

所有的生命不再仰望天空

天空已没有想象力

天空已失守

而霾，依然在蔓延

无边的霾，浸入

我们的瞳孔，呼吸，心脏，血液

浸入了我们的全部

是的，我们已不可救药地

准备掩埋自己

等待毁灭与重生的轮回

2015.10.28

高处的风景

我坐在高高山岗上
观潮水退去
心跳慢下来
日光下，一片安详
前方一望无边
满眼秀色
风吹草动
令心旗飘摇
这是传奇中的风景
我留在画作里
时间可以停滞
我们一起天荒地老

有时，一生跋涉
抵不上一次激荡的瞬间
如果精彩只可偶遇
或者可以捕捉

我宁可选择守株待兔

每一扇虚掩的门

都在酝酿一场长叙

沿着敞开的心扉

窗外望去，繁花似锦

坐在风景中

我成为局中人。

2015.10.29

流放

——致曼德尔施塔姆

那个已结了蛛网的年代
流放与枪决
是一种生活方式
仿佛，人可以如野草
枯荣，复活。
充满敌意的世界
恐惧，是一种流行情绪
我先于你宣判，倒下
你会步我后尘
竖起同样的墓碑

血，与旗
是同一颜色，像咒语传颂
雪，不再覆盖大地
自由的风，淤固在
一个政权的庭院
带着腥红的味道
包括盛开的花
都怀着战栗的心

等待明天，以证明我们
还活着。

你我在阴云密布下
行走，无须仰头
头上阴云密布
令人想到风雨大作
枪决的场景，随时发生
一柄枪，仁慈地指向心脏
与枪最后诀别的时刻
我们被整个世界忘记。

一首小诗
是一座城池的废墟上
绽放的一朵花，它是咒语
隐喻了一个夕阳下的王朝
踯躅的背影
而风暴，注定在王的瞳孔中
酝酿
酝酿雪崩时刻。

2015.11.6

绝唱

你远远望去
但无法走进去的
那个世界
是诗词砌成的
还有那些诗词做成的
美丽女子
她们
在水一方
在河之洲

那些美丽女子
柔软的
弱不禁风的
不食烟火的
多愁善感的
或起舞
或横箫

或轻舟

总之，她们在诗词中

所以，你

或推敲

或苦吟

或弄弦

而困入填满诗词的愁城

与花

与柳

与月

一起埋葬

为的就是，那一曲曲

复活了的绝唱？

2015.11.15

冬眠

我蜷缩成一团
我要示弱
我要变成一只小虫
睡很久后
等待泥土松动

每个人，都会
走向深秋与冬至的分界
季节在接力
我要逆风而行
为一枝梅花而倾心

走入棱角分明的冬季
在银装素裹里
北方已入眠
每一棵草，能听到大地心跳
万物在静候春天

2015.11.18

II

我们的亲人
在冬天，等春天

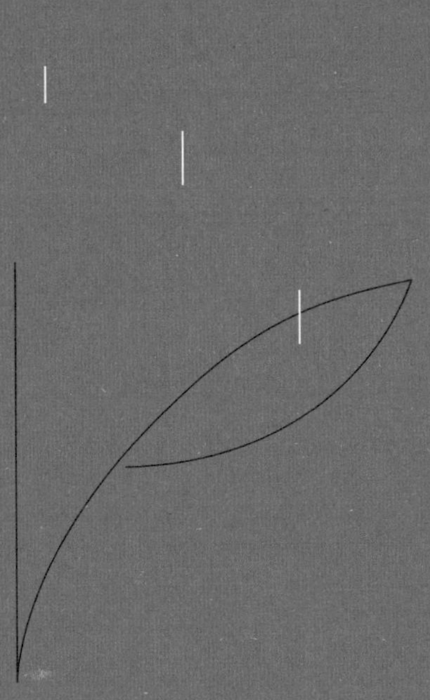

奔途中

（一）

随手抛出石子
它在空中划过的弧度
演绎了生命全部
既然，开始与结局
早已注定
那就不必活在
分秒必争
与只争朝夕里
若时光里的琥珀
等待日食发生
今天尚活在人间
就必须燃烧
或者被点燃
直至，最后一朵火苗熄灭
变成灰烬
我们重归寂静

（二）

每个人来到世界
简而言之，就是
一场没有悬念的奔波
他们的每一根黑发
颠簸在奔途中
其中有些人竭尽了全力，而变白
我已白发丛生
这代表，在奔途中
我的每一根黑发
都用尽了力气
这就如同燃烧
每一朵火苗
都用尽了力气
只要有一朵火苗活着
世界，就不是黑夜
灿烂中，孕育了凋谢

（三）

顺着一块树化石的年轮
翻阅历史

过去的一页

可以轻松翻过去

但重返过去一页

这至少需要找到一块化石

每一块化石

都有其故乡的体温

很久很久以前

我们要靠想象力和恐惧

面对黑暗

这就是盗火者的理由

还原与求证

需要凿穿漫长隧道

把记忆拉长

往事变得人非物非

在沧海桑田里

我们都将

走入一万年的叙事中

成为化石粉末

2016.1.

红围巾

我的脖颈，它懂得
一条围巾的温度
与冬天的对峙
红色，是寒风中摇曳的火苗
相依为命，本身
就是不朽的风景

谁能想象，一场雪
能让整个大地成为舞台
她的曼舞，空前绝后
而人间，陶醉在失忆中
此时，一个人的孤独
是对舞者的苦恋

最深的怀念
会如期发生在冰天雪地
在白雪统治的世界

红围巾是一面旗

所有的生命都在感召中

春天，只是因果

2016.1.23

在春天逆行

一棵翠竹，在南方
与我遥相呼应
在他拔节的夜晚
我焕发出青春般的抽搐

伟大的成长
简直是一场计谋
如同根蔓，在泥土中
默默地布局……

所有的季节轮换
都无一例外地被颂扬
播种，开花，结果
这是一场完美的接力

风，兴起的时候
每一张帆都热血澎湃

人们已习惯于顺流而下

我宁愿选择逆行

我们都不知道

自己的结局

因此，你的选择方向仅仅是

时间张开的一张网

2016.4.3

长恨歌

我们对爱情
堆砌了几千年的词语
它代表了爱情的高度
也代表了爱情遗落的荒冢
皇帝的爱情
发生在宫殿或者田野
这并没有什么区别
缠绵的地方
伤感与销魂
一样的月光，一样的垂柳
你那些绫罗绸缎
并不能使爱情
在500年后光彩熠熠
如一枚小草的枯荣
在任何一个时代
都可以真实点缀
我一直在苦苦思索，皇帝

他的那些所谓的爱情
在一幕剧中
也许不是小丑
无论如何，盛大地开场
服饰与修辞
仅仅代表了一种
难以言传的姿势
一个爱字
有千钧之力
把它删繁就简
或者遗弃在战乱之中
所有的伪装
都无一例外地现出原形
唯有真爱的花朵
让乏味的历史
在废墟上
周而复始地盛开。

2016.4.11

纯真的夏天

在童话盛行的季节

我推开了矜持的窗户

天空中飘荡着彩色泡沫

那些纯真的表情

代表这个世界

童心未泯

窗外，是夏天的味道

裙摆飞扬

主宰城市色彩

迷离的空气，和倦懒的阳光

仿佛在酝酿

一场惊天动地的私奔

情感决堤的时刻

发生在夏天

浪花前仆后继

每一秒，都是欢快的生离死别
这是从挽歌中煎熬出来的
美妙序曲

阳光鲜活，穿过白杨
洒满雀跃的大地
这一刻，令人怀念
我们曾经走过的黑夜
在黑暗终结的最后时分
所有的希望
都在经受煎熬

我要像迟暮英雄一样
抖落厚厚的尘埃
在这童话世界的泡沫中
为自己打造一副翅膀
让这一次飞翔
注定为绝唱

2016.4.28

仰望

我们已习惯于
低下头颅太久太久
仰望
是一种容易丢失的
古老气质
为了读懂一颗星星的情感
这，专属一个人的夜晚

当温暖不可企及
月光更加冰冷
每一扇窗户的渴望
会穿过玻璃
让风，和阳光
分隔成两个世界

我是我的幻影和幽灵
如同蒙着双眼

坐在莲花中

这是一场

从始至终的游戏

你与我，永远触摸不到

各自的窒息与呼吸。

2016.5.18

梵高醉了

我张开双臂
就是张开了翅膀
我知道，我在展翅高飞
我这一堆血肉
还在原地装腔作势
这就是一个
金蝉脱壳的故事
我在摇摇摆摆地前行
我知道，一百年前
梵高就这样
那些画一直在摇晃
让人联想到
一个人精神恍惚的样子
也可以说是燃烧
每一幅作品
都是一堆篝火
没有谁能懂他

他只能走投无路

所以，他必须去世

然后传世

2016.5.25

雨中

熟视无睹的雨景
已无动于衷
除了浪漫
不需要任何情绪渲染
或者隔着玻璃
窗外世界，任由雨水编织
你的人生，也许
百分之九十九
在循规蹈矩
唯有在雨中那一瞬
才变得生动

深一脚，浅一脚
不是因为道路坎坷
一段泥泞
便是人生最好的注解
如此行走

往往是行囊太重

或者误入歧途

漫无边际地被雨点簇拥

这代表，你已置景在

一个人的虚拟世界

灵魂，重返童年途中……

2016.5.26

我在大地仰天而睡

在这个夜晚
找到了一块空地
在这座拥挤的城市
我仰天而睡
我一双眼睛对视天空
天空有无数只眼睛
星星是数不清的
那些最亮的星星
便成了今晚的好友

这常常是
我与世界的相处方式
也是我与宇宙的相处方式
我愿与人为善
我愿与宇宙为善
我的想法很简单
愿以一句普通的问候

与你为友
哪怕需要一万年
我变成大地的一抔土
深埋于茫茫宇宙

已经很久很久
没有这么仰天而睡了
这样才感觉
大地是如此的安静
天空也是如此的安静
喧闹的只是人
只有这样仰天而睡
世界变得简单：
只剩天，地，我
而我，如在大地与天空之间
一个吸吮的婴儿

2016.6.5

一种情绪波动的我

今天我不开心
没有人惹我
是我自己惹了我
这几乎就是一种精神发作
整个夜晚，都在围观
星星，也在围观

今天，甚至几乎每天
作为一种情绪波动的我
躯体在循规蹈矩
灵魂被孩童牵着手
可爱，并恶作剧

2016.6.17

积木

窗外，熙熙攘攘

我置身于城市的森林

那些点缀的树们，草们

只是客居者

那些楼，不知吃了什么药

在争先疯长

欲与天公比高

我在窗内

也像个客居者

而且，更像个古人

看着窗外

像看着一群蜂蚁在劳作

也许，更像是一群孩子在堆积木

堆吧，我知道

积木一定会倒的

慢慢来，不急

那都是我去世之后

终究要发生的事。

2016.6.23

一个美人走过城墙

我在这座城市，只有一个老友
我的老友，是一堵城墙
他已经有1000多岁了
我们都去世好几轮了，他还活着
时间长了，我就得去看看他
我们相对无语，便是万语千言
这些彼此都懂
寂寞这个词，可不是随便说说的
老友这风吹雨打1000年
寂寞，便是一种千锤百炼的武功
认识他，其实就是为了
修炼这寂寞之功
在夕阳下和老友一起
这风景已经重复了一千次

赞美的词，用尽了

恰逢一个红衣美人，从城墙走过

那个美人可能有20岁

城墙已经1000多岁了

他们的年龄相加

城墙年轻了。

2016.6.26

朝代的脐带

这堵城墙
是我对这座城市的
最后一点念想
孤苦伶仃的城墙
还有孤苦伶仃的我
相依为命，就是这种感觉
我肯定投胎投错了时间
我误入了一个朝代
我是一个局外人，在
这个朝代瞎转悠，找不到北
也找不到这个朝代的出口
城市，都被一个廉价整容师
整成了一副模样
所以，我更要找到这堵墙

它藏有逃离这个朝代的钥匙
我摸摸它深褐色的皮肤
闻闻它的气息，它太老了
喘着粗气，但它
记得这座城市的童年
甚至，它就是这座城市以及
它的朝代诞生时
留下的脐带。

2016.6.26 草

2016.7.26 改

三国，你好！

昨天夜里

我逆行1800多年

回到了三国

在长坂坡，我见了赵云

他是我的最爱

我首先必须梦见他

将军就要这么横刀立马

如入无人之境

将军的功名在战场

生与死，都在战场决断

做将军就要像他那样

隔了一千多年

还有无数粉丝拜倒

这才叫什么什么星

值得你如醉如痴去追逐

可以肯定

这是一个高智商的朝代
三十六计，绞尽脑汁
羽扇纶巾，何等的气质
我一边翻着《三国演义》
一边温习一下熟悉的脸谱
这么个性鲜明的时代
令庸庸碌碌的我
也会生出万丈豪情
我梦想着回到三国
这不是我的错
就像千古不变的恋爱
我不爱你，这不是我的错
我爱上了你
这也不是我的错

我带着一柄剑
行走在三国的土地上
我要到赤壁凭吊
吟诵一段熟悉的词句
感受一下苏轼先生的情操和烦恼
战争就是如此

历史就是如此

再残酷的废墟上

都会开出花朵

那些流传千古的诗句

都有血的滋润

三个男人，桃园结义

发生在桃花盛开的地方

这个朝代，为以后所有的朝代

创立了一个江湖标杆

我们离开父辈翼下

就是靠着这个虚构的故事

让信念前仆后继

让背叛变成一面魔镜

让不义者，终遭报应

这么雄性的朝代

女人几乎被忽略了

我能记着名字的

一个叫貂蝉

一个叫小乔

无法想象她们的美丽绝伦
嫁给英雄，或者被霸占
总之就是那么一回事
不要以为历史与女人无关
金戈铁马的宏大叙事中
她们的出场
令历史变得生动而娇艳

暂且就写这么多
总之，我会一直在三国里
从两个朝代的门
自由进出。

2016.8.9

酩酊的历史感

坐下来
喝一杯工夫茶
摆一副中国式姿势
把一个人复辟到过去
让朝代兴衰这么大的事
就坐在屁股下

我要重返寒舍
去追忆那些青春细节
辛酸与幸福纠缠在一起
就像捡起一种遗弃的逻辑推理
来验证，很久以后发生的事
然后，你发现
遥想当年，一场简易酒局
以及一次举杯邀明月的豪情
可以席卷你平庸的一生

我们就这样活着
如鱼畅游大海
或者困守枯竭的小河
这都是生命的呈现方式
爱与不爱
发生在任何时代
都不是新鲜事
在波涛汹涌的地方
暗礁时隐时现
我们习惯于在顶峰之上
分享最后的狂欢
历史就是这样生动
你和我的影子无数次
叠加其中。

2016.9.3

我们左右不了的事
要顺其自然

爱情，与婚姻
一个在开花
一个在结果
开花与结果，你同时遇见
这是上帝为你抓阄
并且，为你鼓掌了。

2016.9.5

遇见

等待，是一个负荷的词
时间算不了什么
地老天荒都不算什么
因为结果没有出现
让守株待兔
变成了传世寓言

就像你可能遇见开花
不可能遇见结果一样
等待，不一定会有结果
宿命与等待，并不矛盾

僵局

潮水无边

我被摇曳在其中

在人头攒动的地方

我的泳姿

显得笨拙而艰难

我在沉没

每一口呼吸

都在告别

城市在堕落

每一幅表情都面无表情

变成城市的漂浮物

那些没有根蔓的盆景

脸色愈发苍白

苍白的镜像下，是一群

厌倦了的人

或者，被诱惑的人

我已习惯于深陷僵局

然后奋力逃脱

在十字路口，矫情的选择

注定会通向歧途

所有的围墙都在阻拦翅膀

鲜活的想象变成碎片

化作一座城市的石碑

经历一千年的风打雨琢

碑还在，僵局依旧。

2016.9.20

中国片段

在一个夜晚

有一个亭台楼阁

有一湖水

月亮肯定悬在半空

前景，还有婆娑的柳梢

半遮颜的美人

琵琶或古琴，需要铺陈

这是司空见惯的中国画

一贯的天人合一

一贯的逃离，在山水之间

寻找自己，再丢失自己

文人们总是心事重重

要表现出来

貌似雷同的心情

或欲罢不能的情结

这样一幅平庸的国画

拼凑了几千年

那山那水，那花那鸟
都已面目全非
而，时间在流水中
我在岸边垂钓
鱼在欢畅
一眨眼，一千年又过去了。

2016.10.4

时态

即使在臃肿的地方
也可以找到自己的空间
困乏的时候
睡在一张床上
知足，舒展，惬意
窗外的世界
与我只隔着一扇窗
它是它的世界
我是我的空间
我以个人名义
连接过去与未来
窗外的世界
一直在忙碌，喘息
一直在进行时态

这个时候，我能听到
我的躯体在溃败

我早就听到它腐烂的声音
这没有什么大不了的
一代将去，一代又来
抱着经卷，像婴儿一样
安详，甜美
她的啼哭
是生命歌唱的一种
这和年龄和溃败无关
你也会看到
我长满皱褶的脸上
婴儿般的微笑。

2016.11.9

河的哲理

每一条河
与生俱来带着哲学命题
比如此岸，彼岸
都有源头，归宿
时间是渡船
渡船其实是一种道具
作为漂浮物
有人选择顺流而下
英雄与疯子们
会逆流而上

每一条河
源头都是清澈的
这代表了它的初心
然后一路辗转
修炼成一条沧桑而伟大的河
这，就是江湖：

每一条伟大的河

代表了时间的写意

载着人性与命运

走在蜿蜒而绵长的路中

2016.11.10

关于先知的痛苦

先知，一目了然
看清了未来要发生的事
它的痛苦常人不懂
它留下似是而非的话
它欲言又止
它没有弟子和传人
偶尔，有人读懂它的话
便幸运地延续了它的痛苦
而寻常的人们，一如既往
为繁衍与生息接力
等待下一个先知
来承接人间的痛苦
我们这些寻常人
因泡在最舒适的温水里
没有痛苦
也没有欢乐
直至死去，风干
灵魂，被先知收留。

2016.11.14

木偶

让一只木偶
走上舞台
这并不容易
看着他翩翩起舞，手舞足蹈
我都忘记了
也曾被自己或别人
这样活灵活现地摆布
做一只木偶
其实是快乐的
快乐是我们活着的必须选项
不快乐地活着
这是没有任何美学价值的悲剧
而我终究不愿意
变成一只快乐的木偶
其原因在于
木偶因没有灵魂
而不懂得痛苦。

为了快乐
必须深埋痛苦。

2016.11.21

黑与白

不是我在熬夜
是夜在熬我
睁开眼睛
这世界只有黑与白

夜，是一种虚拟的黑
我敞开了自己
这么私属的时间
需要珍惜

太阳，归根结底
他是个专制者
白的世界，是它的
黑的世界，是我的

2016.11.21

洞箫

在一群乐曲里
我寻找到了洞箫
爱，就是这样
邂逅，或者去追寻
都会带着偶然性
即使以悲剧结局的绽放
也抵得过你的湖面
死水微澜一生

许多音乐是弥漫着的
而洞箫的声音，在穿透
无论低沉，激越
抑郁，或者嘹亮
它都不会留在情绪的云中
它要穿透
直抵你最柔软的地方

2016.11.22

南方的味道

看到流水
或听到流水的声音
我都会想起南方
南方是水色的
也是女性的
如一只船
即使停泊在港湾
它恬静的心
也颠簸在浪尖

南方是水做的
所以，船的生命
才具有了非凡的艺术感
可以想象到
这样的南方画面
意味着什么？
纤夫的苦难

也是后世的风景

每一棵干渴的小草

都有权利酝酿

惊世骇俗的决堤

2016.11.23

四条腿的我

我们不知道
这个谜团从何开始?
为什么要从四条腿
变为两条腿走路?
我们的祖先
为何要进化成
站立的姿势
这样头重脚轻很好吗
这样摇摇晃晃的几万年
为了证明什么
所以，当我在微醺状态
或者，看见一条小狗
跳跃，奔跑，撒欢儿
或者雄狮在丛林独步
瞪羚，在草原上驰骋
我在想
为了这惊人的站立

我们，得到了一双手

而失去了四条腿

几万年的时间

微缩在几页纸中

记忆，以木乃伊的格式

得以存续

手有了手的美学

一部分想象力

变成了意淫式的爱

那一双脚板

从泥泞的路上

开创出进化之路

手与脚，各自在耕耘

直至今日

谜团中，依然可以辨认

四条腿的我

才是我想要的我。

——读《现代的历程：一部关于机器与人的进化史笔记》

2016.11.24

王语嫣

有些女子
以虚构的形式
在历史画面中，婀娜出场
比如，有一个女孩
她叫王语嫣
这位美人
在血雨腥风中
走着凌波微步
这是武林中
绝妙而浪漫的功夫
她和段誉，慕容复
那些故事都不算新鲜
从怜香惜玉的角度
她在剧情中
会走着凌波微步
躲开坏蛋与伤害
而终老
这是乱世佳人的完美结局

要杜撰一位

可以传世的美人

绝对不是一件容易的事

对于王语嫣

我愿意逆行

回到那个时间很慢的朝代

浪迹江湖

对这个世界

我已心肠变软

也可以说心灰意冷

我已没有攻击性

我个人历史

已经进入下半场

我已转入防守

我要教会我的宝贝女儿

在这个乱世

躲开攻击与伤害

这个时候

我想起了凌波微步

和王语嫣。

2016.11.27

最后一颗子弹

这是一片开阔地
前方没有任何阻拦
我要敞开胸膛
你的目光扣动了扳机
而我，把最后一颗子弹
留给了自己

如果不能逃离
我愿意选择从容离去
与其醒着折磨
不如婴儿般入睡
你的每次诅咒
都会在我心中结出一粒果实

如果无法掩饰泪水
说明我还是个孩子
行行好，请善待我

在暗无天日的时候

我只需要缩小在10平方米的空间

与世隔绝

自己拯救自己

2016.12.1

困兽

一头困兽
在有限的空间内，徘徊
它已被俘
勇猛已无用武之地
它落入陷阱俗套
人类的这部分奸计
为兽类所不齿

卸下盛装的人
都会露出青面獠牙
我失去的每一滴血
都在为你的胜利而欢呼
不要为我悲哀
你会步我后尘

当彼此的眼神
无法意会，默契

证明距离不是真正的问题

你的咒语也无法应验

我不是坏蛋

我只是一名患者

在笼中。

2016.12.3

在高处呢喃

我时常会爬上山巅，或者楼顶
像领袖一样装腔作势
再狠狠吐一口浊气
胸怀一下子打开了
世上那些烦心事算个屁
站在山上
与树与草为邻
万物友好，一派祥和
那些乌烟瘴气的地方
是一群自己与自己为敌的人

我知道
我自己是个酒囊饭袋
摇摇晃晃走在人间烟火里
有时鄙夷自己
不过是一副臭皮囊
有时在酩酊中

觉得自己像神仙下凡
我不是人，你们才是肉身
我已不在乎你的眼色
在无花季节
我宁愿自己欣赏自己

我要登高，在高处
找到自己的存在感
站在高处后
卑微的我，不再卑微
有玉树临风的感觉
我要长长吐一口浊气
这样才会意识到
呼吸，真的变成一个问题
现在，我们是一群
慢性窒息的患者
这是自然的回馈
因为你的无良或善良
你在自作自受

现在，我站在山的肩上

与山相比

我很渺小，也很卑谦

我看到对手的渺小

我并不想战胜谁

因为，站在高处望远

前方很远很远

肉眼，才是我们最大的屏障

2016.12.11

更北的北方

从北方
到更北的北方
冬的分量在加重
冬季，有着成熟男人的味道
冷峻，凝重，深沉
仿佛已经历了什么大事
或即将经历什么大事
雪，落在北方的大地
连绵的雪原和山峦
具有了辽阔之美，曲线之美
这一路旅行，温暖而淳朴
一路向北，缘于故人在北

冬眠了的草原
风变得索然无味
我举着一束干枝梅
在旷野里漫步

为她的花语所感动着
我把她举过头顶
像女儿骑在脖子上
这干枝梅
长成了草原的女儿
此时草原，鸿雁南飞
在天地相连的地方
我们的亲人
在冬天，等春天。

2016.12.17

除了时间在守恒
一切都在加速

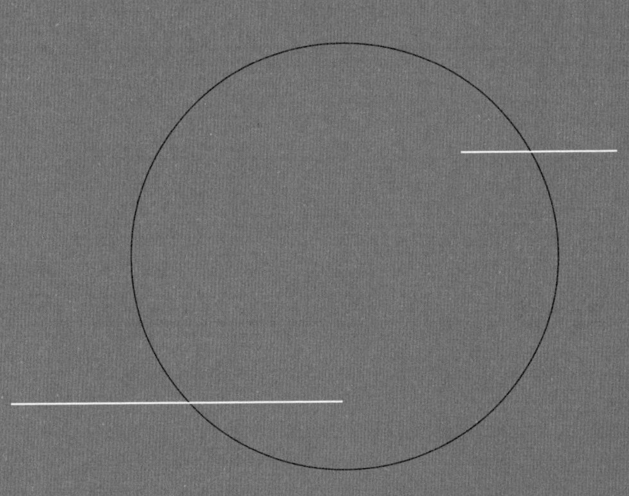

慢，这个词

走着走着
慢，这个词
变成了贬义词

除了时间在守恒
一切都在加速
心跳也在加速
我要不知疲倦奔向哪里
这是一种什么速度？
我已不懂如何漫步
谁的世界失调了
音乐已不友好，不耐烦
找不回自己的节奏
甚至，背叛了时间。

走着走着

慢，这个词

变成了贬义词

一群野心勃勃的人

就这样，行走匆匆

他们总是很着急

他们的速度

超过了他们的心跳

于是，他们像风速一样

但，自己的身体疯了

时间，把他们打成了一堆白骨

但，他们没有成精

2017.1.16

日光下，我是静物

这么安静，在日光下

大树高耸，影子如虚拟

我在此岸，神在彼岸

时间在流动，我是静物

车辆流畅地穿梭

行人在跑步，或漫步，或踯躅

教堂是城市的心灵

钟声如约响起

有人听到了丧钟

有人听到了晨钟

这取决于心情

我在日光下，变得自然了

很多时候

我需要一米干净的阳光

也肯定是一种奢望

2017.2.7

传说中的鱼

彩陶上的鱼
已经活了几千年了。
这其实是一种囚禁方式
鱼，与渔夫
在夜晚，都会心事重重
上钩是人的一种生活方式
不上钩，代表了鱼的智慧
而假装垂钓的人
唯有姜太公
如此定义鱼和渔夫的关系
把血腥蒙蔽起来
鱼，成了餐桌上的自愿者
我们进化为人，站立起来
鱼逃往大海
祖先，被一笔勾销

2017.2.7

孩子王

在崇高的地方
跌下去
惊起一地鸡毛
当再回不到崇高的地方
我持着鸡毛当令箭
俨然是孩子王的模样

呃，我的前任
留下了一地鸡毛
我持着鸡毛当令箭
站在崇高的地方
然后，必须跌下去
惊起一地鸡毛

孩子王的游戏
就是这样，周而复始。

2017.2.10

呃，对立面

万物，冥冥之中
成双成对出现
鱼，与捕鱼人
忠诚，与背叛
矛，与盾
红棋，与黑棋
皇帝，与太监
上帝，与撒旦
每一个物种，都有一个反角
在角逐中，生命
存续在平衡与失衡间

呃，也许势均力敌
才得以依存和活命
如果有人站在你对立面
这个人不是我
我愿与你为友，在一个阵营

战死或善终

哪怕，为一个哲学命题

丢失江山，或后退一千年。

我们的对立面

依然如影随形

万物，妙不可言。

2017.2.11

时间密码

一匹白驹

穿过我的身躯

左边，是我的过去

右边，是我的将来

我是我的残骸

而白驹，一骑绝尘

一亿年后

最坚硬的外壳风化

我熬成了祖宗

被折返回来的白驹

踩断了，一根肋骨

——读《时间简史》

2017.2.19

春暖花开

春暖花开
这四个字，三月三日
撞了一下我的脑壁
我想撞醒海子：
你卧在铁轨上的时间太长了
我喜欢看你张开双臂的样子

我被我埋藏了很久
如冰封的大地
一位完全皱褶了的人，枯坐
望着河流，感受时间停滞
等待大雁归来

该醒来的时候，一定会醒来
小草会从岩石缝崛起
还有鲜嫩的小溪
从季节深处，畅流

一朵花，柔弱无骨

她在山冈上，为春天揭开幕布

呃，万物为王

需要一次春暖花开

为自己奔放

我有幸，成为万物之子

在暖阳下

优雅地读诗，梳理羽毛

——读《海子的诗》

2017.3.3

海的颜色

（一）

如果，可以重返童年
我必须是一条鱼
必须不是一条观赏鱼
逃离人海，逃离鱼池
遁入茫茫大海
彼岸很远，我快乐无边
鱼的快乐鱼懂得
庄子先生也懂得
鱼翔浅底，这就够了
我不想做龙王
龙王，是不正常的鱼
王，也都是不正常的人
所以，我不在江湖，我在海里
我只是一条小鱼
一条可以漏网的鱼

（二）

看到大海

我想起了蓝色旗袍

风未起舞，尚在酝酿
墙头草，已风声鹤唳
春天还在路上
一支冷色调的曲子铺陈下
显得天空更纯粹
风情万种，只能是女人
我踩在了松软的绸缎上
这令我想到这件蓝色旗袍
它代表了这个世界，
温柔美丽的一个棱面

呃，当色彩被滥用，或挥霍一空
凌乱的风中，这件蓝色旗袍
代表了你我最后的想象
由此，祝福大海
愿美好的生命，从头再来
我会是一条小鱼
漂浮在你的深蓝里

2017.3.13

弹弓呢，弹弓

城市没有鸟
车在彻夜鸣啾
城市没有鸟栖息的树枝
那些路边的树
都没有家乡和母亲
人类在城市称王
小鸟逃往更远的树林
这样，作为上帝安排的游戏
小鸟的对手盘
在城市的孩子出生前
弹弓，消亡了。

2017.3.21

有些人，他的思想发霉了！

雨，下得太多了
整座城市，哭丧着脸
等着晒太阳
有些东西在疯长
有些事物开始发霉
有些人，他的思想也在发霉
垂而不死
只有一种情绪交织在雨中
因绝望而鲜活
窗户内的植物，花朵
是另外的心境
它们因在温室，而温顺生长
这是一种被驯化了的生活方式
就像一头被观赏的狮子
一头在踱步，且焦虑的狮子
它的森林和草原很远很远
但依然在瞳孔中闪现

而我，一个被驯化了的人类的普通标本
即使优雅地端着咖啡
也会偶尔想起，茹毛饮血的祖先

这样想着想着，雨总算停了
太阳像刚刚出生一样
干净，纯粹，鲜嫩
人类开始出动，占领街道
阳台上晒满发霉的东西
而我在蠕动的人群里
依然看到一些发霉的人，和思想
混杂其中。

橱窗里的植物，花
依然在温顺地生长，温顺地去世。

2017.4.11

我被滞留在了人间

打开全部毛孔
我的身体依旧死水微澜
没有风的鼓动
我就是一具尸体

我想生动地抽搐一下
以纪念生命中漫长的平庸
你可以沉睡
而我，不能容忍自己

鸟留在了天空
我被滞留在了人间
一觉醒来
是谁剪掉了我的翅膀？

如果没有了感动
眼睛，终究像干枯的河床

它所流经的地方
遗下一条蜿蜒的时间残骸

就这样无眠
把两个白天连接在一起
黑夜，更加衬托了
一片星光熠熠……

2017.4.28

我们是四月的植物

直立，或者爬行

我，或我们，出没在街道，丛林

没有什么不同

有的人，从来都是爬行

这也是一种本领

我们都是孩子

摔倒在童年，即使

翅膀被折断，阴影悬挂在天空

生命仍然在前仆后继

你可以再一次满血复活

因为，即使复辟

也绝对不是回到原点

窗外的雨，击打有力

我能感受到大地的欢愉

如四月的花草

生命，总会有一次勃发

看，浪漫的春天

漫山遍野的郁郁葱葱

我是另外一株植物

在雨中，与爱情为邻

2017.5.2

五月梅

如果没有冬和雪
谁会歌颂你的怒放？
所以，我更愿
在五月的某一天遇见
在你越来越接近平凡的时候
以一曲《梅花三弄》
加剧你的冷傲，与孤独。

每一枝花，来到人间
都携带着一种寓意
那些落在旗袍上的花瓣
都是女人精致的心思
而你，无论在哪里
都会以与生俱来的冷傲与孤独
诠释距离与美的含义。

2017.5.10

白马

白马，永久定格
在画布的空间与时间中
空间无边际，时间停摆
恰似羽毛跌落在地
我们的呼吸，是最大的噪音

白马的世界不需要风
它血管内的每一滴血
都在召唤号角。
因此，这一次的宁静
是最长的一次宁静

它的心在战场，不在江湖
这是注定的
它要在最湍急的河段
与英雄结伴
一起走入宁静的画布

2017.5.12

心事重重

即便是自由的天空
总有一朵云
会心事重重
就像我们对翅膀的渴望
变成了一辈子的结

就这样走在一条抛物线上
我的心思
加重了我的坠落
就像日出与日落，心境
在两个高低点摆动

心事重重的人
终究是孤独的人
孤独让我们互相抛弃
而我在漫漫长夜
你在门外，独饮

一层玻璃，令我们相见不相识

我愿我的心思沉入水底

在阳光下，泛起透明泡沫

我的灵魂在喘息

无色，无味。

2017.5.21

完美的寂静

完美的寂静
是我，午夜，灵魂之间的事
月亮，在我的海平面
起落，周而复始
黑夜太漫长，亲爱的
我必须借助你的光，回家

寂静的夜，是疗伤的时间
我穿过白天的战场
坚定，而千疮百孔
爱，是永恒的呢喃，轻柔
而不须用力
使得寂静的夜，在月光映衬下
我依然是，一团燃烧的火焰

完美的寂静
一尘不染。

2017.5.28

平庸

我们
在歌颂中昏睡
在雷电中战栗
在苟且中平庸
在阴雨中抑郁
在酩酊中摇晃
在太阳下发霉
在日复一日中慢慢老去

有谁
能把我唤醒
让我抽搐
让我复活
让我热血滚烫
我要做一把英雄
哪怕只是一分钟闪耀
然后，变成灰烬。

——听邓紫棋《存在》有感

2017.6.4

是一种无法后撤的立场
诗句在烈日下，炽热而饱满

就这样吧，让六月的诗句
在麦浪里波动
农夫和麻雀
各自都怀着喜悦
我会坐在在高高的麦垛上
默念着两个词：大地，老娘。

2017.6.7

六月的麦田

麦田，以唯美的姿势
舒展在梵高的画布上
晃动的火苗，让时光燃烧了经年
在六月的色调和味道里
那些礼赞，深深地弯下腰
像成熟而谦虚的麦穗

六月的诗句
徘徊在麦田
麦芒高耸，拥有不一样的天空
稻草人的守望

羽毛

我这么僵化还活着，你死了
这是上帝在召唤你
你自由了
如一只囚禁的鸟
我捡起你抖落的羽毛
留住你一寸呼吸

从此，你在天上
我们在人间
我用你的羽毛
重新孵化出翅膀
等待风兴起的时候
朝着你的方向，飞翔。

2017.7.14

关于灵魂

空气中飘荡着逝者的气息
他们在我们的身体内
自由穿行，且童颜永驻

血肉之躯，作为一种道具
是灵魂之狱
灵魂囚禁于皮囊之中

打开一扇窗，为你瞭望
在通往囚禁灵魂的深处
肉眼，只是一盏熄灭的灯

在背井离乡的路上
灵魂会陪伴，也会走失
我们在徒劳等待，来世重逢

2017.8.15

王的随想

王的诞生，经历了
从一座山，到一座江山
所以，盗寇只能
作为王的先驱者
载入野史

用“它”这个字
称呼王
这显得王不像是人
是的，王必须是道貌岸然的
在凡人与神之间踱步

王，它穿什么
呃，它，就是耸立在朝廷上
的一副盔甲
或者是皇帝的新衣
裹着它那一身血肉之躯

王的爱情，深埋宫中

王的权力

藏匿在玉玺中

王的智商

是人民智商之总和

呃，这是必须的。

——重读马基雅维利《君主论》

2017.9.11

在黑夜深处闪烁

守望，是一种古老的情感

令人想到恒星

在黑夜深处闪烁

它昭示着

你已身在绝地，必将逢生

每一颗恒星，都得到了神的启示

你从绝处归来

如戴勋章的老兵

那些创伤，是子弹的光泽

每一个夜晚，都会穿过一次胸膛

热血，不会凝固

你与黎明一起再生

并，汇入河流的上游

以验证历史的清澈，混沌，与血色

这是恒星的使命

在黑夜的深处闪烁

闪烁，就是一种守望

情至深处，请相信

一滴泪，足以淹没整个世界

当我决堤的季节

没有什么可以阻挡

呃，就这样做一个局外人

像面壁者一样，目中无人

用一生

与恒星相对。

2017.10.2

一栋灰白的房子

望着尖顶
一群鸽子掠过
天空在回荡呼救的声音

窗格子上
阳光分割均匀
色彩辉煌庄重

我们必须闭着眼睛
因为这双肉眼
毕生看不到上帝

别动！
请不要走出这间房子
你会与世俗为敌的

有的鸟是喜欢自由的

有的鸟是喜欢歌唱的

有的鸟是喜欢梳理羽毛的

我不是鸟

我是鸟人

我的翅膀被进化了

2017.10.18

温柔以待

如果生活没有了趣味
工作便是一种奴役
如果双眼被乱象遮蔽
灵魂便失去光泽
如果理性不能唤醒
自由将永远囚禁

愿天使吻过的声音
温柔地洒满大地
并，在你的心田
留下春天的色斑
而我，在静静地等待
羽毛丰满……

2017.10.20

我越来越不想变成一棵大树

我越来越不想变成一棵大树
这是真的，经常
梦里，我活成了一株草
而且不一定是在草原上
只要在一个能晒太阳的坡上
或随便什么地方
我，或很少的人
知道我的存在就够了
看着自己健康而无痛感地活着
我的欢喜便涌上心头
我不是先知
所以，我的痛苦
一文不值
但我的欢乐很重要
这证明，在人间
我算一株活得不错的植物
我越来越不喜欢变成一棵大树

我没有庇荫能力
呃，我要自给自足
只需要一寸阳光属于我
我会为它的刺眼和温暖，而感动
我想来世，直接变成一株草
真的，春风吹又生
是一种妙不可言的体验
我死了，我复活了
周而复始
像是一种游戏
这样挺好的

2017.11.5

一场梦的解析

这一场暴风雪
是昨日埋下的伏笔
哪有什么远方？
先看清楚你脚下三寸
一束光，在夜空中晃动
你的眼睛，也是黑夜的一分子
并，加重了夜色
像冻土里的根
生命与死亡在这里僵持
我们总会唤醒的

远方，不是诗意的
远方，是用来逃难的
唯有人迹罕至
我的存在
才会有牧歌色彩
当时间停摆

生命拔节的声音响起
呃，这里，万物友好

我们都会在那年那月那日
被卷入一团乱麻中
这和在战场上厮杀，没有本质区别
在风中疗伤，阳光下的躯体
结满硬硬的茧
等待，这意味着
一场蝴蝶梦的重启
于是，顺着一条根攀缘
我再生了。

2017.11.10

平局

孤独啊，当你每一次袭来
我便成了我的病毒和抗体
我与我战成了平局
平局是最好的结局
我打扫我的战场
我掩埋了我
最后，给春天一个发芽的理由

这个日子
我要仰天看看
再重复一遍这个傲慢的习惯
目中无人，只有天空
我在天空中无休止地找什么
我的翅膀呢？
是谁妨碍了我的飞翔？

想到了平局

我的心情就更平静了
作为一种平庸的风平浪静
作为一种平庸的皆大欢喜
作为一种平庸的心照不宣
我喜欢坐在藤椅上摇啊摇
我要迅速失忆
变为金鱼
抱歉，你所做的一切
你爱与不爱
我都会忘却

在早霜覆盖深秋的时刻
我终于要挥一次手了
再见，亲爱的路人和故人
借此机会，让我们相忘
或者，卸下道具
在下一个场景中相逢
届时，我那些苍苍白发
依然郁郁葱葱

2017.11.16

弹痕

我看不见你
你看不见我
那是因为，我们之间
有一堵墙

我看见了你
你看不见我
那是因为，我心里
有一堵墙

呃，我的城墙
布满弹痕和射击孔
我已无力进攻
所以，只是龟缩在里面
读诗，饮酒
等待破城……

2017.11.20

另外一种真相

（一）

伟大，总是被滥用
所以，伟大变成了贬义词
这使得人类史很尴尬：
一只猿人，必须重新站立
用倒叙的手法
代表祖先，找回火种

（二）

母亲这个词
无休止地供奉在颂歌里
并，深陷在繁文缛节中
母亲的真身，隐藏在贞节牌坊的背后
世俗化的母亲
在享誉母仪天下

（三）

我们赞美太阳
有一半是不怀好意的
对小鸟的赞美，也有一半是不怀好意的
我们举着一把双刃剑
来到人世间，在酩酊中
把自己的影子，处决。

（四）

每次流星经过
我们都要慌乱一下
我因此伤感
你却压根儿不会抬起头
就像从来没有看到流星
流星，是位夭折了的男孩
也可以是个过气国王
总之，这是为一颗星球
安排的一场葬礼

（五）

潜意识里是黑暗的，浑浊的

一团乱麻的

不可告人的

我花了三天三夜

找到一根线头

扯呀扯，却是死结

2017.11.23

幕后

夜，漫长而阴沉
借着烛光，酝酿突围
黎明或夕阳下
这里都是血色战场
我已无数次阵亡而又复活
幕后，是一个三原色的魔

如果夜幕，只是为了掩饰
我宁愿在九颗太阳下
化为灰烬
让灵魂升起袅袅青烟
即使化成灰烬
我依然可以看穿你的卑鄙

那些无辜的颜色
把窗户涂抹成形形色色
我的梦以噩梦收场

谁的脸，被击中
玻璃碎片下
阳光因扭曲而无力

魔鬼，以天使的名义
衣冠楚楚，人间漫步
在翅膀折断处，血已凝固
我必须坚守在大地
冬眠，或死去
哪怕每一个毛孔都停止呼吸

别怕，孩子们
从今天开始，我要佩剑
我要变成三头六臂，火眼金睛
牵着你的小手，找一张白纸
为你重新创作童话，和英雄故事
我们一起，从地心深处发芽

2017.11.28

最后的叙事

这么轻薄的时代
我不得不重重地闭上眼
带着神的启示
故事展开了，序幕徐徐落下
他们，粉墨登场了
人类正在攻陷
一部伪装的历史
有血滴，在日光下闪耀
化成一朵朵花瓣
因为刺眼
我们不得不背对阳光
让阴影疯狂占领
河水清澈而畅流
时间因沉思而停滞
这代表了我们对慢的回忆
那是在上游
以及上游的上游

初心是不生不灭的

蓦回首，梦丢失了

我们只能找到深埋的根须

它已衰老到无力发芽

是的，初心在上游

我们已在万里之遥

是谁悬在半空中

浑身插满羽毛？

变成了一只摆设的鸟

这是在哪里？

这是谁的星球？

这是谁的巢？

谁会被谁埋葬？或者颂扬？

2017.12.16

IV

我要留着一寸柔光
照着自己

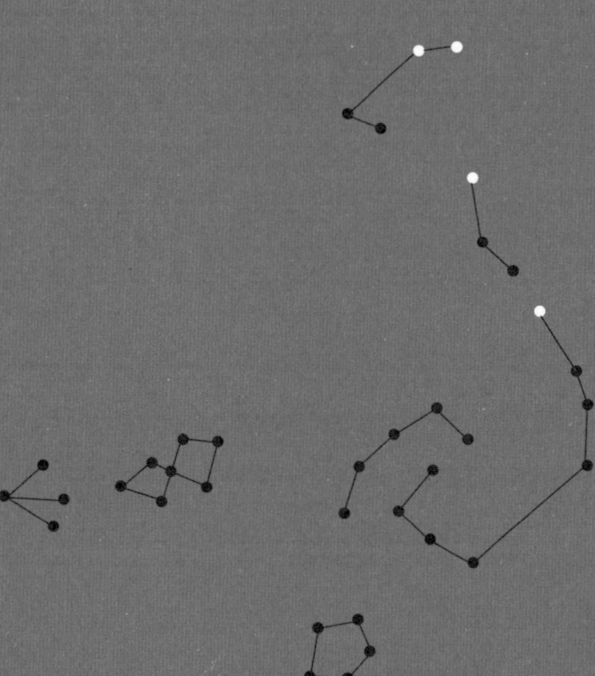

留一寸光，照着自己

每一个早晨都是新鲜的。
每一天的阳光是新鲜的。
穿过深冬的阳光，是温柔的
岁月沧桑易老
我们永远都是孩子
因恐惧黑暗
我要留着一寸柔光，照着自己

所有与我交集或擦肩而过的人
有一部分称为陌路人
一部分是我生命中的贵人
感恩上天让我们结缘。
愿你也留着一寸光，照着自己

愿每一位勤劳的人
良善慈悲的人
有梦的人。
流泪撒种，欢呼收割。

2018.1.2

病房

城市是一座病房
患者们，聚集在街上
我们互为传染体
我们沆瀣一气，各奔东西

北方的树枝，升向天空
呼救，作为一种行为艺术
城市，略施粉黛
展现出了病态的美

空气僵硬，每一次呼吸
都有告别的意味
我被深深地困在一条
狭窄的血管里

我睡过的床
都是病床
我的名字
就是我的病号

2018.1.10

敞开的伤口

对于家乡
我是断了线的风筝
家乡与我两相忘
我唯一的记忆，是她的伤口
那些沟壑，是敞开着的伤口

我无法幸免地卷入了
有一种战场，是看不见的血肉横飞
我与我反目成仇，然后再重归于好
然后自己舔吮伤口
在日光下自愈

有一种伤口
永远不会愈合
因为它一直敞开着。
沿着血色印记
黎明和黄昏交替出没

那个沟壑纵横的地方
就是生我养我的地方
这就是家乡，她的伤口敞开着
我没有权利在她伤口上撒盐
她的痛，连着我全部神经

2018.1.24

闭幕

看，有人在登场
有人在谢幕。
这是前仆后继的游戏
现在，是我们这一世
并带着来世的幻觉，接力
每个人，需要一份悼词
祖先，父亲，母亲，及我，及人类
相继闭上眼睛，聆听颂扬
烟花一般的生命
总是绽放在最后
黑暗，是暂时的胜利者

有一部分悲痛
却不是装出来的
就像有一部分告别
必然是诀别
痛感，隐藏在最深处

当眼泪被唤醒

我的童真

因穿过了泥泞，而面目全非

由此，我心愈坚而存疑：

为什么会在葬礼那一刻

都彻悟了

那一刻之后

仍然执迷

2018.2.13

宁静致远

最终

只有很少一部分灵魂

才是宁静致远的。

血，是红色的恐惧

雪，是白色的宣言

预示着，这个世界

还在怀念最初的承诺

一尘不染的地方越来越少了

直至，候鸟无法迁徙

就像，在一场婚姻塌方中

去发掘纯粹的爱情碎片

悲伤与甜蜜，贯穿始终

你慢一些，慢一些吧

你走得太快太快

走得如此粗枝大叶

甚至，来不及把过往掩埋

那些赞美，还有那些矫情的词

在严冬中老去

没人能懂得，并走入寒梅的内心

唯有那奄奄一息的炉火

呃，还有风雪夜归人

在与我相依为命

2018.2.25

瞧，偶像

用九十九张笑脸
遮挡一颗不可告人的心
谁会是那个虚构的人?
带着神一样的气质

高调的思想
需要信众供养
在高高的祭坛上
膜拜者，丢失了味觉

瞧，偶像
抹了厚厚的脂粉
它在拔苗助长
升至云端，再跃入人间

如此，大地又少了一个人
多了一尊神位

伪装的秕谷们
为你深深弯了腰

从此，偶像的名字
在空气中飘荡，或就是空气本身
与霾混搭在一起
变成崇拜者的养分

——重读《偶像的黄昏》

2018.3.5

金币

现在，整个世界
被金币覆盖了。
大地铺满了金币
天空中镶嵌着金币
河流中漂浮着金币
瞳孔中闪耀着金币。
我带着金碧辉煌的梦
安睡，去世，掩埋

一场海啸席卷星球……
一万年后
我被小草从废墟中拱起
以淘金者的名义
再次铸成第一枚金币
并，完成了
庄严而隆重的
拜金仪式……

2018.6.12

这个夏天

这个夏天
没有一滴雨
自然也没有什么心情
大家都已经习惯了
噩耗，会从所有的方向
击中心脏

我的眼睛干枯了
许多河流也干枯了
大家都干枯了
这样，便没有了悲伤
没有了感动

这样仰望天空
你不过是一条登陆的死鱼
在星星集体逃亡的夜晚
寂静的大地

是一块黑色幕布

我会为你哀伤

并献上一份精雕细刻的

悼词

2018.6.29

如此交替
我们
与泥潭
与岸
打了个平手。

2018.7.16

回合

我走着走着
陷入了泥潭
你却避开了
上了岸。
这只是第一回合

你走着走着
陷入了泥潭
我却避开了
上了岸。
这只是第二回合

最深的孤独

最深的孤独

发生在春天

万物竞发的时刻

唯独我这一物

被自己遗忘

或者，几亿年后

在一个地层带

被唤醒

在日光下

我变成了一块

精神完好无损的

化石

2018.7.26

一地鸡毛

狂风骤雨后
锦绣大地，一地鸡毛
这是世界真相的一部分
我们如温水煮青蛙一样
活着
活在风和日丽中

这个夏天
剑拔弩张
我的神经细胞在膨胀
我是一颗人体炸弹
每一次日出
都可能点燃引线

神灵，总是在我们
彷徨不定时

应运而生

一尊高大的泥身

和它的阴影

总是不苟言笑的样子

它从不愿意

露出牙齿。

2018.8.7

被截肢了的城市

被截肢了的城市
瘫痪
是它的生活方式

那些温顺的花儿
在城市的日光下
脸色苍白

难民潮在涌动
空气中飘荡着
流离失所的灵魂

我在村庄与城市的
隔离带
警戒。

2018.8.8

土性的家乡

我的家乡
肤色是赭黄色的
五行是土性的

我家乡的天空
云朵很懒，很白，很慢
我家乡的草，
也很黄，很懒，很寂寞

家乡的山，
不险峻，不伟岸
其貌不扬，一文不名
它是千万年的风吹，日晒
堆积成的性格
家乡人的脸上
一代一代传承着这种性格
并，在这土性的气质下
深藏着一颗炸雷

家乡是土性的
所以她命里缺水
男人女人都命里缺水
家乡人到天涯海角
骨子里都带有黄土的腥味

我现在的家乡
到处堆满了水泥地板
河水干枯，发臭
废弃的矿井
像敞开的伤口
头顶上电线纠缠
像关在牢里

家乡的街道上
充满了流行的
甚至是当代的
甚至是荒诞不经的
不怀好意的
具有很重模仿痕迹的
但本质上仍是土性的味道

但，我的家乡
在杂乱无章中
仍显得很有秩序和从容
它最可贵的品质
依然是宁静感和慢节奏
这源于它的土性

是的，这土性的家乡
我的族人
我的父亲
我的老娘
仍然生活得从容不迫
并，站在窑洞旁
晒着暖洋洋的阳光
停顿在农耕文明的
高度。
质朴。

2018.8.14

真理

真理
以神的名义，诞生
以肉身跃入尘世
所以，真理
时常被蒙蔽了双眼
走向自己的反面

真理的宿命
就是了结自己
并把自己埋葬在废墟深处
变成历史的养分
或者散发着香气
或者散发着臭味。

2018.8.24

失眠者

失眠者
在为这个世界守夜。

听！铁屋里
脚步徘徊不定
他们心事重重
身体如烛
他们在自燃。

每天醒来
也未必就是苏醒者
我沉入海底
如一条深居简出的鱼

行走在日光下
我变得浑浑噩噩
像飘浮在半空的

一只有血有肉的木偶

对于你的操纵
我逆来顺受
保持深藏不露的微笑
这是公理的污点
和一种妥协方式

每天，真的是漫长无边
全体失眠者
都在等待
时间的最后决断。

2018.8.25

烟花世界

烟花腾起
并极尽渲染
烟花是表演者
天空是舞台
我必须是看客

孩子们，子民们
仰起头
绚丽的夜空
被装扮
今夜的我们
都装扮在烟花里

呃，那一瞬间
我宁愿忘掉
真实的自己
美丽归于沉寂

美丽是美丽的葬礼
我在出席葬礼

这个时候
有人看到了
烟花的绽放
有人看到了
烟花的破裂。

2018.9.4

我们的阴影

当太阳落下山

一种阴影

开始发芽

并向所有人蔓延

总有一天

我们会遇见

十万颗太阳

也，照不亮的

一种黑。

十万颗太阳

也，无法消融的

一种冰。

十万吨铅

也，抵不上的

一种重。

我们的一生

是与自己阴影

相持的一生

并

相持到最后

与自己

同归于尽

这样

这个世界

便少了一份黑。

少了一份冰。

少了一份重。

这便是我们

梦寐以求的

轻若羽毛的人生?

2018.9.23 草

2018.10.2 改

驯化

总有一天
会明白。
我们在进化中
一直在驯化，和退化。

如果我
搁浅
在你的领地
我宁愿接受宰割
你的野蛮
是文明的一座界碑

我不愿被驯化
被观赏
使得恐惧
完全占领我
并经过漫长的时间

把我们驯化成恐惧本身

而我们已习惯于
被煮在温水中
却，目睹
笼中的小白鼠

问题是
同样，作为样本
谁在主宰我们？
冥冥之中
谁扮演了真凶？

2018.9.23 草

2018.10.07 改

雷

我把雷
埋在你的必经之路
你把雷
埋在我的必经之路

我们在必经之路
彼此设伏

2018.10.11

乞丐

乞丐是自由自在的人
他躯体轻盈，浪迹天涯
他不用携带自己
沉重的灵魂
他的灵魂
由上帝掌管
如果有一天
乞丐绝迹
那一定是，他的名字
被篡改了
或者，我们的双眼
被粉饰了。

2018.10.17

他们过着精致的鱼缸生活

这些鱼

和大海

已经没有任何关系

它供养在鱼缸里

过着精致的

鱼缸生活

这些鱼

有了新的主人

它的色彩

身材，甚至鱼鳞

似乎都为了观赏和取悦

七秒的记忆

使得鱼儿们完全完全的

没有恐惧，无忧无虑

鱼的快乐

鱼知，我知

它的恐惧，主人知

这些鱼
没有故乡
它客居鱼缸
它不需要看着月亮
心事重重
它甚至
不需要繁育
它在鱼缸里
快乐地
生死，断代。

2018.10.25

风暴，是一颗种子

风暴，是一颗种子
即使埋在地心
它也会长成风暴

血色晚霞，壮丽而恐惧
风暴，正在她的怀抱中
安详地孕育

风暴来临
没有人能预报
我们被裹挟其中
就像在战场上溃跑，击中。

这个季节
阳光暖洋洋的
每一朵云都在懒洋洋地踱步
空气在匀速流动

生活充满了优雅的节奏
许多人安逸了心死了侥幸了
以为一切都过去了
风暴，该来了。
因为，风暴是一粒种子

它是一个充满杀气、威严的影子
在平静的湖面
掠过。顿时
泥沙俱下。

2018.11.8

血红色

那一夜
仿佛一滴血
就能把一座城的夜空
以及，夜空中的全部星星
染成血红色

那一夜
岸边的城
如此的安详，宁静
传奇之夜
带着超常的心跳
和所有的勇气、恐惧、想象力
而此时此刻
血在燃烧

那一夜
士兵的每一根血管

都在等待号角
和子弹，划破夜空
血液澎湃如潮
黎明，与一群铸剑少年
同时诞生。

那一夜
失败者的血
与胜利者的血
混搭在一起
浸入土地
于是，这片土地
具有了
古老而纯粹的血性。

2018.11.11

眼睛

驴被人类蒙上了眼睛
行走在磨道。

而人类
一旦被蒙上了眼睛
也会像驴一样
走在磨道上。

2018.11.20

镜子和我，碎了一地

所有人都走了
连一株植物也没有作伴
那就只剩下我
我和我面对面
左右手相握
这是一种久别重逢后的仪式

来到这个世界
我携带我
我们互为邻
也互为界
我们相依为命
也相煎何急

我和我失散很久很久
甚至行同路人
甚至交恶为敌

我拔出来枪

指向了我的心脏

我扣响扳机

对面的镜子碎了一地

镜子里的我

也碎了一地

2018.11.27

雪茄味的城市

老哥
我喜欢你抽雪茄的样子
一支雪茄，与你合璧
这座城市的夜晚
你不能缺席

老哥，你抽着雪茄
孤独得像一匹独眼的狼
你已经满身疲惫
你抽着雪茄
还自带十二分杀气

老哥
这个世界，英雄已经绝迹
你抽着雪茄，还需佩一柄木剑
像堂吉诃德那样
与黑暗

同归于尽。

老哥，你抽着雪茄
暧昧而重妆的城市
便舒展地起舞了
我们肉体，已不可救药
只有那些囚禁的灵魂
在夜里，苦苦寻觅
失散了的自己。

2018.11.30

上帝，和一个忘恩负义的人

在一片声讨中
人间，驱逐了一位忘恩负义的人
被扭送到上帝面前
请上帝惩戒
上帝面露难色
你们都不信仰上帝
所以，我并不存在啊！

这群人中，有人带着嘲笑的口吻说：
原来上帝也没什么了不起啊
还有一个人说：
我看上帝，就像麦田里的稻草人

结果呢

那个忘恩负义的人
上帝没有惩罚他
他继续一帆风顺
直至，去世。

但，大家都知道
他是一个忘恩负义的人

2018.12.6

繁星满天

哲人说
要么庸俗，要么孤独
我选择
白天庸俗，夜晚孤独。

黑夜里仰着头
看繁星璀璨，照耀人间
总有一颗星星，会照着我的脸
它的目光绵长而永恒
它说出来的话
变成了天书。

2018.12.8

古典美的时代，一晃过去了

昨晚闭上眼
掩上书卷，一觉醒来
古典美的时代
一晃就过去了。
留下的词句，连韵脚都丢了

美好的事物，常常
打了死结
扯动一根无缘无故的线头
就能把这个世界
缠成
一团乱麻

那些新鲜出生的事物
转瞬间，已面目全非。
一些道貌岸然的人，赤裸着
在舞台上，装腔作势

它们，不需要一块遮羞布

或者，遮羞布

不够用了。

2018.12.10

枯木逢春

飞行近三个小时后
就要落地了，我顿时觉得
卷缩了很久的小苗
要在躯体里破土而出
呃，同一块大地上
滚动着四个季节
今天，我要变成南方的一株植物了

突然间，脑子里蹦出来一个词：
枯木逢春

枯木逢春？
至少字面上，我是不相信
这是在赞美枯木，还是赞美春天？
我想了很久

最后，我确信

这块木头里
必须还有一个细胞幸存

它用尽了全部力气
等到了春天。

2018.12.13

致祖宗

今夜，我在一个叫海南的地方
我去看望一位88岁的老人
他是我兄弟的父亲，自然也是我的父辈
他给我们做一种叫“烙面”的家乡饭
我吃着吃着就落泪了
因为我想起了我的爹娘，我的祖宗们

于是，找到一块空地，面向北方
怀着三分愧疚，三分虔诚，三分鬼胎
向埋在黄土的列祖列宗，行叩拜之礼
顺带着，今夜
北方的，中国的，百家姓的列祖列宗们
都请受我一拜！

我离你们很远
如果放在另一个朝代
被流放的我，从京城启程

三个月的时间都要骑在马背上
但即使在万里之外
你们终究是我的根须

我会连着一个家
我的家会连着一个爹妈的家
然后是兄弟姐妹们
然后是七大姑八大姨
然后一个在天南海北开枝散叶的家族
然后就是一条根连着我的命脉

我就是一个快要扯断的风筝
飘忽不定，是我的习性
想当年，年少轻狂，目中无人
自然也没有你们，想不起你们
对不起，我的祖宗们
我不会装腔作势给你们烧纸钱
我愿意叩头，哪怕头破血流
我认为叩头，是对你们最庄严的怀念。

今夜之后，我又暂且忘掉了你们

我继续保持飘忽不定的习性

直至，风筝扯断了

站在你们的后排

等着后来人

怀着三分愧疚，三分虔诚，三分鬼胎

行叩拜之礼。

2018.12.14

少年中国说

昨夜，一夜未合眼
随手翻出《饮冰室文集》
每翻一页，像是一天，甚至是一年
甚至是十年，甚至是一辈子
就这么翻过去了

翻到最后，天亮了
终于睡着了。

我梦见，在光天化日下
穿着白衣白裤白袜
武装成一个中国白衣少年

对着窗外，大声朗读：
“少年强则国强，
少年独立则国独立；
少年自由则国自由；

少年进步则国进步。”

虽然，这个世界
牢牢地，还掌握在老人们的手中
但《少年中国说》
一直不会老。

2018.12.16

V

美好的事物
都是相依为命的

世界在喧哗

（一）

世界在喧哗
诗人在呢喃。
葬礼在举行
婴儿在诞生。
日出日落，妙不可言。
美丽的事物
都不会无缘无故发生。

（二）

世界在喧哗
山岳保持安静。
所有的事物都声张着自己
即使是一块石头
它的耐心和沉着
直到最后，你都没有等到
它要声张什么

（三）

世界在喧哗
我做我的美梦。
我甚至梦见返老还童
这简直是逆天的事情：
呃，芳龄22岁，不知天高地厚
一群少男少女，端着酒杯
对着持重的世界怒吼：
干，干，干！

2019.1.1

久违的天空

久违的天空
一副专制者的表情
呃，这铁血般的氛围下
人间的灯火，相继熄灭

久违的天空
阴沉沉的，阳光无力穿过缝隙
连最后一根稻草也被压弯了
而我相信阳光，终会拨开云雾

我喜欢那种飘着几朵白云的晴空万里
这个时候仰起头
这代表了人类与天空之间的某种默契
而人们却习惯于垂下高贵的头颅

这是以大地为奴
或奴役大地的开始。

2019.1.20

四月，和一只结网的蜘蛛

四月还远，泥土还没有松动
但是，我得开始准备些新鲜的词句

那年四月，春风荡漾
女儿六岁，我们去郊游
在一片盛开的桃树林中
蹦来蹦去，拔一种叫“灰灰”的野菜
我躺在坡上，看白云悠悠，晒暖暖
那可是阳光最好看的月份
它穿过桃树缝隙
粉色的光斑照在脸上
我舒展得像一只熟睡的老猫

大地的四月
深情而盛装
像坐上花轿的村姑
这是她一辈子最美的一天

突然，女儿大喊：蜘蛛！
在两棵桃树间，蜘蛛吊在空中
一招一式，吐丝搭线
一张精致的天罗地网就要结成了。
这让我想起了童年时代
我心灵手巧的三叔
从山上背回来的柠条，在他手里
织成了大箩筐，簸箕，连枷这些乡土气息十足的道具

女儿问了许多关于蜘蛛结网的为什么
一知半解的我
以一副饱经风霜的样子告诉她：
呃，孩子，我们每个人
也会像蜘蛛一样，结这么大一张网
她摇摇头表示不懂
我摸着她的头说：
不急，不急，慢慢地，长大以后
这张网，就结成了。

2019.1.24

今天

下班后
走路四十分钟回家
走着走着，我瑟缩的身子绽开了
就像初春乍到，泥土开始松动
慢慢地，一股热气在周身散发
现在，我变成了一个热气腾腾的人
我觉得，我在为这个凝重的城市，凝重的江山取暖
所以，不要小瞧我们这些小人物
每个人的血都热着呢。

路过广场
花十元天价买了一小袋苞谷粒
喂了一只正在闹肚子的白鸽子
我把盛满苞谷粒的手掌伸开
身体虚弱不堪的它怯生生地走过来
费力地在我手心里啄起食物，仰起头，伸着脖子吞下
吃饱了肚子，白鸽子扇动翅膀，滑行，飞起
说实在的，此刻，我心里柔软得有一种当妈的感觉
我与鸽子的友好

代表了我对待这个薄情世界的态度。

在回家路上，我奇迹般地听了
一首《F大调浪漫曲》
我还很神经地把音量调置到高音区
像八十年代，穿着喇叭裤，提着单放机
在街道上招摇而过
我能感觉到，这首曲子
和街道嘈杂的声音，在对峙
而我，像陪着聋子天才贝多芬先生
穿行在这条世俗的路上。

除了这三件事
今天，还有八小时时间
我坐在办公室，喝茶，读报
我是一枚完全可以忽略的螺丝钉
安放在一架庞大的机器中。

呃，这八小时可以忽略
甚至，我也可以忽略。

2019.1.28

一只小鹿，不安地踱步

在睡眼惺忪中
听时间嘀嗒嘀嗒赶路
不着急，慢慢等
坏消息和好消息，总是交织在一起

那些脸色苍白的花们
在盆景里，四季如春。
没有风声雨声
日复一日，时间失去了刻度

树梢在竭力低垂
以表达对根的敬意
小草的觉醒
丰富了大地的神经系统

一只小鹿，在林中不安地踱步
所有的事物，都屏住了呼吸

直至决堤，黎明前

夜空回响起婴儿嘹亮的啼哭声

今夜，风暴已完成集结

一个伟大而恐惧的旋涡在升起

排山倒海的泥沙俱下

看，好多人一身污泥

漂浮在洪流中……

2019.2.1

古典哲学家

一位资深唯心主义者
与一位资深唯物主义者
在葬礼上，狭路相逢。

一个伛偻，一个秃顶
眼珠从眶中突出来
嘴皮薄薄的，像两张刀片
他们孤独而偏执
他们集合了所有的战斗词句
可以想象，他们经历了多么艰苦卓绝的战争

他们把这个世界
撕扯成五颜六色的布条
然后，再拼接成一个打满补丁的世界

他们战斗了一生
却稀里糊涂地

没有遇到一个真正的敌人。

如今，他们都老了
老得都拿不动武器了
今天，他们这双手，是握，还是不握呢？

——重读《纯粹理性批判》

2019.2.7

回家过年

（一）

奶奶和孙女朵朵
一年都难见一面
盼孙女回来，这是奶奶每年的一桩心事
终于见面了
一只枯干的手拉着一只鲜嫩的手
奶奶嘘寒问暖，话说了一大筐
可朵朵傻笑着连一句也听不懂
奶奶这方圆百里内流行的普通话
孙女朵朵也给奶奶准备了一筐
耳背的奶奶也听不清

等了一年，隔了一代的两个人儿
竟没说上一句话。

（二）

回到了老家，干燥的空气

把嘴唇都撩起来了一层皮
母亲埋怨：这鬼天气
今年冬天连一片雪也没有下

明天要出远门了
母亲看着阴沉沉的天气
又嘀咕着说：这鬼天气
怕是今晚要下大雪了

你看，母亲眼里只有她儿子

（三）

返程回家，搭载外甥们的车
车上还有我那外甥的五岁小屁孩
近千八里路程
车上放了一路儿歌
我这年过半百的老舅
陪小屁孩听了一路
每听一曲
岁月就像用一把锋利的刀片
一层层，由外往里在削我这棵老树

开始是饱经风霜的、裂开的树皮

然后一层层剥开

最后，终于剥到了我年轮的童心

呃，我回到三岁了。

2019.2.10

爱，这个词

爱，这个词
对于我这种不解风情的人来说
说出口，已是很难
即使对母亲，女儿，爱人，花朵
山河，阳光，露珠，等等
我都觉得不该轻易说出来
在一个爱这样的词
泛滥的时候
那些随口说出来的爱
究竟还剩多少纯度？
那些所谓的爱
说完，也许就完了。

所以，爱
本质上，是个冷色调的词
不能像烟花，也许陈旧的我
更喜欢这样一种陈旧的比喻：

如果用火来比喻
也许星星是恰当的，但是
它太远了
我更愿意它是黑夜里的
一根蜡烛，或一盏油灯
在我膝下，晃动着火苗
慢慢燃尽。

2019.2.16

守株待兔

春意盎然，我去登山
花草间，一只野兔，飞快穿过
它没有撞到树
却撞了守株待兔这个典故

作为资深媒体人
我这样理解守株待兔：
首先，这是一则老掉牙的新闻
时间发生在战国时期
地点，在宋国的某棵树下
当事人：一位古人
事件梗概：一只粗心大意的兔子
撞了树。被这位古人收获
新闻的后续：这位固执的古人
开始等待下一只撞树的兔子。

这一晃

就是两千五百年的一场等待。

世人皆取笑他的教条

却无人看到，他的执着，寂寞。

2019.3.16

时光

时光是不会倒流的
越来越老的人，都会留下这一声经典哀叹：
假如时光能够倒流
我独自走向自己降生的方向
找回丢失的童心
童心肯定是找不回来了
怀念往事，令我们的青春
在一路溃败的途中
回光返照。

我尝试倒着走，不想任时间摆布
这样会站在某些势力的对立面
目视那些没有血色的子民们
带着永不褪色的劣根性
漂浮在这条浑浊的河流中

是的，你的污点，就是这条浊流的证词

也许，只是在随波逐流中

偶然，会怀念起源头

那个清澈，纯洁的你

为什么今天会变成如此，劣迹斑斑。

2019.3.22

越狱者

每个循规蹈矩的日子
都潜伏着一颗叛乱的心。

瞥一眼窗外
空气的能见度很低
整个世界的表情都是这个德性
不阳光，不透明，阴沉沉
散发着复辟的，恐惧的，假惺惺的味道

因为丢失心灵，而双目失明
很不幸，我们一直被驯服
驯服成一排整齐的木偶，木偶的子孙
以及木偶一样的士兵
在前进中，死亡，或阵亡。

在木偶们一致性的生活节拍中
我必须贡献一出恶作剧

打乱千篇一律的队形。

这一次，我要借着一声春雷

还有谣言的蛊惑，揭竿而起

也许明天，会听到

一则木偶大逃亡的讯息。

2019.3.25

风云际会

云飘来，又飘去
留下了寂静的天空

风吹来，又吹去
留下了一片裸露的大地

人来，又人去
留下了熙熙攘攘的人间

花开了，又谢了
留下了感伤的美丽

王朝建了，又灭了
留下了一堆时间废墟

我这样轻描淡写地叙述
一朵云，一阵风，一个人，一枚花，一个国

它们的一辈子
在永无止境地
进行一场徒劳而执着的往返

远观生命
确是一场壮丽的迁徙，和接力
所有的情绪，爱，煎熬，苦难
荣耀，失败，屈辱。一切
都承受在分秒之中

而每每想到，我这一物的来去
顿时觉得
有一万种孤独
一万种虚无
一万种不舍
从脑海里一闪而过
如白驹过隙。

2019.4.3

恶棍列传

久违了，恶棍先生们！
请允许我违心地问候一声，你们这些人渣。

每当秋风变天，埋在深处的记忆会醒来
左臂刀伤疤痕隐隐地痛，会抽搐到31年前
一辆夜行电车上
一腔热血、不识江湖的我，出手了
结果，100%的看客
欣赏了一场见义勇为的败北
恶棍们战胜了正义

我没有责怪谁，真的
流再多的血，也不会激活一个城市
甚至一国的血性
围观，是一种可耻的权利
在战场中，道德注定
是一种絮絮叨叨的累赘。

曾与我交手的那些花样年华的恶棍们
如今你们安在？
还在作恶吗？从良了吗？出狱了吗？
几十年跌跌撞撞，摸爬滚打
也算饱经沧桑、阅人无数
现在明白：最重要的是
我要教给我的孩子，以及孩子们
如何辨认那些戴着面具的、衣冠楚楚的恶棍！
他们的伪善，伪装，他们对人间的祸害和污染
相比于你们这些插标签的恶棍，这些小混混们
真的不算什么！

想到这，顿时觉得，恶棍这个词
它的含义，被我们误读很久了
其实，就像在一艘船上，一列车上或飞机上
恶棍，会不均匀地分布在
低等车厢，二等车厢，一等车厢
甚至，道貌岸然地端坐在特等车厢
或者头等舱。

是的，孩子们

请一路良善，活出诗意

即使在阳光下行走

对恶棍，也要有十二分的警戒。

——读博尔赫斯《恶棍列传》

2019.4.7

六根

走在街区，一股香火味飘过
抬头看，是一座闹市中的小寺院
被商铺，高楼，地摊儿挤成一团儿
但终究守住了佛界三分地

走进寺院，看到了绿度母菩萨
歪着头打量着我
我心中一沉，摸着胸口：
我的六根呢，我问自己
我的六根，何曾清净？

惭愧呃，吾偶三省吾身
作为一具世俗化了的肉身
时常翻滚在污泥坑里
带着污泥坑的习气
每一次呼吸，都有新鲜的负疚感

说岁月静好

那是他还没有经历岁月蹉跎

对佛陀，不敢不敬

拜与不拜，都是一副众生相

在波涛汹涌的潜意识里

我的六根，被我的魂魄裹挟着

时而困守，时而走失。

2019.4.10

曾经白过的纸

坐在办公室，随手抽出一页白纸
突然怔了一下
对着这张白纸
我想到了我这张曾经白过的纸

生活是一场倒叙
作为剧中人，我正逆水行舟
拖着剧情，走向尾声。

许多事可能要半途而废了
有些梦，达不到的，和去不了的
统统要来一个了断
怀旧，是以从容撤退的方式
掩饰一种逃遁的情绪

水被玷污了，可以净化
土壤被污染了，可以净化

空气被污染了，可以净化

而我呢?

我这张白纸已经被涂抹成这样了

我还能变成一张白纸吗?

细细体味

这张曾经白过的纸

不正是自己创作，自己导演，自己

表演的作品?

2019.4.15

因为傲慢，我显得从不卑微

有的人熬呀熬，熬成灰
有的人却抓住一线生机
熬成精。
走在人间那些崎岖的路上
我们注定要分道扬镳
空气中积蓄了浓浓的敌意

面对熙熙攘攘的人
我看到总有一些有趣的灵魂
在向你微笑。他们也在熬
当然，你看到更多的是
乔装打扮的肉体
一天天腐败下去

因为傲慢
我显得从不卑微
但因此，无形中

会刺痛了谁谁
你看不到血迹
但却能听到哗哗的流淌声

我像飞行在人群中的一颗流弹
被擦伤的每一个无辜者
都在心里默默埋下一颗雷
它不是没有发作
它只是需要一根引线
和一个出击的时机

2019.4.23

小我

宅在家中，读书，写字，喝茶
兴趣即来，打打坐，顺顺气
夫人做饭，孩子演算方程
偶尔自斟自饮几杯
微醺中，老夫聊发少年狂

外面发生了什么大事
我也都明白
我也无能为力
我越来越缩卷成一个小我
像深土里冬眠的蚯蚓

现在，想的事越来越多
但想说的话却越来越少
想见的人也越来越少
有些话，托付给内心了

感谢大地宽容，我只暂居了很小的空间
忙忙碌碌半辈子了
仿佛到今天才闲下来
在阳光下，摇晃着一面镜子
我站在自己对面
孤芳自赏，也是一种欣赏

年轻时代横行的那些修辞，那些个性
我是轻易不会使用了
我就是一个本色的自己
比如，面对大海
海归海，我归我
面对大海，你是你的胸怀
我是我的胸怀

我是一个被岁月蹉跎了的人
其实，安分守己
对于这个剧烈颠簸的世界
也算添加了一丝平衡。

2019.5.1

黄土

有乡亲从老远的地方来
带了一麻袋礼物：
土豆、红薯、南瓜、萝卜；
原始的、乡土的、家族的、根的气息
扑面而来
这貌似是佛陀的礼物
让我看到了自己的前世

我想起了很小时候的乡村集市
那个时候还没有市场这个词
集市，算得上是市场的祖宗
商品，准确地讲，也不是教科书上
描述的那种商品
我们都能把这些商品，一一列出来：
红薯、白菜、萝卜、土豆

最强盛的莫过于土豆

不是因为家乡土地的肥沃而盛产土豆
而是因为她的贫瘠，这是她使出全部力气后
才能生长出来的东西

看到那些土豆、南瓜、萝卜、白菜
我再看看我这些生生不息的乡亲们
我觉得，这些生命
也许就是由土豆、南瓜、萝卜、白菜转世?
我们这些高贵的小命
如土豆、南瓜、红薯、白菜一样
从黄土中倔强地冒出来
来世再转成一抔黄土

呃，黄土。
我们命里的全部风水。
我们的前世，今生，来世。

2019.5.12

最铁心的石头都要开花了
我已枯坐太久太久

夜，带着王的威严
试图在扩张一种不可冒犯的秩序
我游荡在边境地带
以流亡者的名义，与王对峙
直到太阳升起
王与背叛者，在阳光下
现出原形。

2019.5.26

日出日落

时光一寸一寸
在丈量我们的失重

我要赶在苏醒前
在黑暗中安静地孵化
一个勤劳的背影，在大地上
淡出淡入
被时间追赶的人是悲壮的
我们的生命，在疲于奔命

诸神归位，万籁俱静
只有我这一物，在蠢蠢欲动

鸿毛

谁的生命轻如鸿毛
谁的生命重于泰山

为什么生命不能轻如鸿毛
为什么生命要重于泰山

我愿你重如泰山
我愿我轻如鸿毛

我愿生命，轻盈如鸿毛
以寄托对翅膀和天空的向往

2019.6.1

缠脚的大婶死了

有人传来口信

老家的隔壁大婶儿死了。

终年86岁

90岁，是一道坎

隔壁大婶儿没能跨过去

我的大婶儿

是一位古老的大婶儿

她的去世，把大婶儿这个词

仿佛也永远带走了

她是个小脚老太太

因为缠了脚，仿佛她从来没有年轻过

她的青春被缠了脚

她是一个可怜的大婶儿

我闭上眼，立马能浮现出她的样子

她是母亲的好姐妹

母亲没有缠脚

所以母亲比她多了一份青春

一份缠脚时代的青春

她要埋入黄土

她就是一份黄土

她的骨肉，是这片土地

无声无息的养分

缠脚的大婶死了

缠脚的时代结束了吗?

2019.6.4

一只蝴蝶

四个顽皮孩子在草坪上
追逐一只大蝴蝶
我，一个年过半百的孩子
在旁边，看着他们在嬉闹
看样子，四个孩子加起来
还不够我的年龄
可我把自己折成四折
也折叠不回童年

我身上涌动着长翅膀的冲动
翅膀却动弹不了
我的翅膀已经变成了盔甲
年轮一层层，加厚成我的盾牌和掩体
而且深深刺入我的身体
变成了我越来越腐败的
骨肉的一部分

呃，美丽的标本

沉积在我年轮的地质层中

一只大蝴蝶

在书页间，飞来飞去。

2019.6.8

被窝

看到了鸟窝
想到了我的鸟窝。

我的鸟窝是被窝
垒在我童年的潜意识里
想起来都有妙不可言的温暖

离开母亲的怀抱
温暖的地方就只剩下被窝了
我们在江湖上走过的无数个风雪之夜
无数个孤立无援的战场
被窝是最后的掩体

呃，最好的防守
就是蜷缩成一团
熬过不可逾越的对峙
等待势不两立的两股力量和解，握手
独善其身的我
会小心翼翼地从被窝爬出来
在阳光明媚下，眯着眼睛。

2019.6.12

乌合之众

呃

说谎的沙子

卑劣的沙子

野蛮的沙子

良善的沙子

彬彬有礼的沙子

循规蹈矩的沙子

想入非非的沙子

汇聚成一盘散沙。

在这人头攒动的一盘散沙里

你不会找到我的，因为

每一粒沙子，都是我的模样

一幕大戏，幕布低垂

独因一只号角缺席

我们这一盘散沙

被集合成兵俑一般的方阵
当一盘散沙，武装到牙齿
每个人被牵引到一个方向
也代表着自己迷失的方向。

一样没有方向的群氓们
也卷入了我这粒沙子
包括勒庞先生，也被簇拥着
纯洁的水，和泥土混合为洪流
席卷而去，各奔东西。

在这一路狂奔中
你到底喜欢群龙，还是群龙无首？

——夜读勒庞先生的《乌合之众》

2019.7.29

谄媚和赞美

谄媚，和赞美
我审慎地拣出来这两个词
是因为，这些个词
在世风中的浓度
已经影响了老夫正常的呼吸

回想鄙人小人得志的那些日子
也曾有一大波人在眼前飘过
回想他们说过的那些腻歪歪的话
最终，我确信
所有的赞美都是失实的
所有的谄媚都是真实的。

如今，我这把年纪了
这把骨头
差不多也算阅人无数
现在，让我谄媚谁谁

已是很难很难
我还想要自己这张老脸呢

至于赞美这个词
这辈子，大概只能给两个生命中的女人
——我的老娘，我的女儿
可以大方一些

其他情况下
它肯定只能天然的，唯一的
专属于美妙的四个季节，以及
花朵，阳光，雨露，种子，大地。

2019.8.6

她的盛开，她的芬芳

刚刚，看到一束干瘪了的花
装裱在镜框里
便想到了年迈的母亲
她的盛开，她的芬芳
已经结束了

她的盛开，她的芬芳
结束了
便有了我们的盛开，芬芳

现在，需要把她的盛开和芬芳供奉起来
母亲的伟大，与生俱来
而后沉积在琐碎的生活细节里
所以，对母亲的赞美
必须是五体投地
因为，她是在所有家庭中供奉的
世俗的佛

2019.8.6

火种

在我们的大海里
在潜意识里
有一团火
或者，它还尚未点燃
但，作为火种，它是苏醒的

我们一直希望把握住
它能在最长的夜
晃动着火苗，照亮自己
如有余力，亦可照亮别人
但，不要烫伤别人
也不要烫伤自己
但，就我而言
它，一直在照亮自己
也烫伤着自己。

——再读《精神分析引论》

2019.8.19

变天

我听到骨头缝吱吱作响
膝盖里隐隐作痛
喉咙深处发痒，欲咳不能
夜晚辗转反侧，难以入眠

我身体的不安
源于与生俱来的
对气候诡异变化的敏感
呃，又要变天了。

我的肉身已习惯于逆来顺受
躲进小楼，不问春秋
总之，再阴暗的天，也会放晴
不管你刮什么风，下什么雨雪
老子这把骨头，任你折腾

呃，天以不可逆的威严

以万物为刍狗

而我这一物

却因你的不可一世

宁愿把献给四季的一束颂词

篡改成一副鄙夷的表情。

2019.8.20

无

一开始，我们和时间
是朝夕相处的

诞生和去世，是生命中
惊天动地的大事
我们曾在记忆中铭刻了
亲人，好兄弟的生日
美丽与哀愁
是人类流传千古的情绪
它们开始都历历在目
随后在时间里模糊成一片

慢慢地，时间越来越长
而我们，及我们的下一代
一代接着一代渐渐老去成灰
再被时间远远甩在后面
甩成了一座座墓碑

再后来，我们的家族
大概只能留下一本家谱
再后来，那些此起彼伏的朝代
也被时间甩了
再后来，所有的名字，生日
都消失在时间里
到了最后，只剩下了时间
我们所有的一切
都变成了无。

而所谓的历史
就是那些拼命要延续下去的记忆
皇帝，国号，大事件，名流，野史
我们津津乐道的一切
最终都会被研碎成粉末
而变成了无。

既然如此
你何必追赶时间?
它忙它的，你忙你的
你欣赏日出日落，花开花落

太远太远的事

与你无关，与所有人无关

与所有朝代无关

与无有关

你看，我终于用最深刻的悲观

表达了乐观。

2019.9.1

对一个节日的呓语

呃，这该死的天气
一场没完没了的秋雨
好像让整个世界都扫了兴。
说好的婵娟，被搅黄了。

月亮十五没有出来
十六也没有出来
没有出现在窗前，枝头，山坳，城市上空
没有悬挂在你自我感觉最舒服的地方
这令酝酿了很久的浓度很高的词句
还有花花绿绿的月饼
各种富有诗意的团圆场面
还有那些习惯于强说愁的人
还有那些爱虚荣的城市
都落空了。

呃，我的诗句和月亮

有可能得罪了千家万户

自小恶作剧的我
想法有时有点变态：
翻着诗篇，喝着茶，听着雨声
等待着把矫揉造作的这一天
随随便便翻过。
我不喜欢那种搽脂抹粉的日子
我喜欢的日子，要么惊天动地
要么如流水一样
真实，朴实，现实，安静。
如果是安静，我
喜欢那种静水深流的安静。

每个节日
我都在局外
也可以说，是被节日抛弃。
也可以说，是相互抛弃。

2019.9.14

厚黑学

每个人生下来
从开始，到最后
从某个角度看
其中一些人
从孩子，到成人
像翻书，一页一页
随着年轮
一层层加厚
变成了一本《厚黑学》

而还有一些人
没有变成《厚黑学》
也许就是夭折了的孩子
也许，就是一直没有长大的孩子。

他们，从未成人。

2019.9.16

书法

今晚这酒，是有点超量了。
铺开宣纸，提起羊毫
顿时，有一万只瞪羚，在草原上奔驰
立马有羲之，米芾，东坡，怀素，于老
一群醉眼酩酊的大人物
飘忽不定的影子
围观在案头

呃，一派中国味道扑面而来。

可是，我下不了笔
此时，狂草的心境
万马奔腾
吾是吾国，吾是国王
想到横折撇捺竖钩
这十八般武艺
哪一笔不关乎生杀大事？
哪一笔轻易可以下得了手？
哪一笔下去不是新绿漫过旧山河？

2019.9.16

石头，剪刀，布

围观孩子们玩石头剪刀布
老夫我饶有兴致地发现
这个孩童游戏里
隐藏着道德经，孙子兵法，治国秘籍：

一生二，二生三，三生万物
石头剪刀布
设伏，杀机，环环相扣
一物降一物，完美制衡
没有谁是老子天下第一

这令我想到了一个吾国典故
螳螂捕蝉，黄雀在后
难道蝉没有下线？
黄雀在后，有没有想到自己身后呢？

在这条万物链上

别以为你是小角色

即使你是蝉，或者是一生逃命的瞪羚

即使你是王，归根结底

一样是游戏中的石头剪刀布

2019.9.23

合唱团

一支合唱团，细细想想
只有一个人。

因为合唱团
统一了服装
统一了声音
统一了表情
统一了感情
最终，我们统一成了一个人

在大合唱中
我听不到自己的声音
看不到自己的模样
也不想被统一
如果有我做主的一天
我会把合唱团解散
把自己释放。

我喜欢这世界众声喧哗。

这样念想的瞬间

突然意识到

我的喉咙里

横着一条鱼刺。

2019.9.27

无常

每参加一次葬礼
丧钟在潜意识里就会敲响一声

我这一世，作为现世
也算是一场
成功或不成功，精彩或不精彩的
生命接力
如是，事实上
我已在一个古老族谱的倒影中
看到了自己的座次

这样就明白了
此刻，我即是我的现世
也是我的前世，来世。
我也是我古老族谱中的
子孙和祖先

生死就是阴阳两界

昨天和今天，是分界线

无常，就是每分每秒

我们的宿命

就是永远不知道下一秒

要发生什么。

缘巧的是，我们来到这个世界

就带来了自己的现世，前世，来世

这，就是一个人

也可以是一个家族

也可以是一个国的轮回。

2019.10.3

江湖

江湖的水深吗？
我的江湖，深一脚浅一脚
走到今天
走入一个孤芳自赏的小圈子
已容不下
形形色色来来去去的江湖人

我们会时常毫无征兆地
在一个有传奇故事的地方，举义
我们这些臃肿的僵硬的身体
有时需要在推杯换盏中
燃烧起来

在一派歌舞升平中
你我的命运注定波澜不惊
日光下万物祥和而百无聊赖
薄情寡义的事，随时会发生

狗苟蝇营的人，随时会出现
唯有千锤百炼
才可以轰轰烈烈做一场兄弟

呃，本朝没有了聚义厅
没有宋江，没有一百单八将
没有了李逵一声炸雷般的怒吼
我们和金庸先生一起
虚构于江湖，相识于江湖，作别于江湖

今夜铅一般的阴霾压低天空
吾等作为大地上春风吹又生的不死草虫
仿佛依然能听到英雄前辈们
在某个穿越时空的战场
顶天立地，翻云覆雨。

——重读《水浒传》

2019.10.12

小叶紫檀这孩子

姑娘一岁的时候
家里养了一盆小叶紫檀
几年下来，家中的植物相继死了
唯独这盆小叶紫檀，一直活着
刚带它回家的时候
它就是这样子
我姑娘都快十八岁了
它还是老样子
小叶紫檀是个长不大的孩子

小叶紫檀这孩子
五年才长一岁
八百年才长大成人
它慢腾腾地长
没有哪个朝代
能活过一棵小叶紫檀

小叶紫檀阅人无数

阅江山无数

阅皇帝无数

阅奸人无数

阅好人无数

阅日出日落无数

假若一天，我老得不行了

撒手人寰了

到终来，我这株生命

和小叶紫檀

究竟谁是孩子？

2019.10.14

双面故事

一个戴面具的人
有可能正在与你擦肩而过
甚至，有可能在某个庄严时刻
动情而高谈阔论
真的，我就喜欢你戴着面具
一脸庄重的样子

恰好你也注定是一个戴面具的人
如此，两个戴面具的人
如鬼魅一样，在白昼出没
世界变得文质彬彬
诡异，而心照不宣

我们那些鲜活的笑容，声音，神经
被复制在面具上
直至，和面具完全融合为一体
直至，最终变成

一个成熟的面具人

这样，面具与脸合二为一
直至，无法再卸下面具
直至，也已无法分辨
一个真实的和鬼魅一样的自己。

2019.10.21

消磨

一寸光阴一寸金？
可我从来觉得，有大把大把时间闲着
你看，百无聊赖
就是时间过得太慢
度日如年
也是时间太长太长

如此，我把多余的时间
打牌，消磨了一些
喝酒，消磨了一些
谈情说爱，消磨了一些
闲聊，消磨了一些
发牢骚，消磨了一些
做蠢事，消磨了一些
说假话，消磨了一些
走弯路，消磨了一些
算计别人，消磨了一些

被别人算计，消磨了一些

到头来，发现

靠，时间一直在

我自己被消磨完了。

2019.10.26

狮子

昨夜，梦见了
一头很老很老的狮子
大口大口地喘气
两眼浑浊幽暗
牙也快要掉光了
老得几乎忘记自己是谁
毛脱光了
没人能认出是一头狮子

在流浪中
遇到了一群野狗
一群怀着敌意和轻蔑的野狗
它们视它为入侵者
一个不堪一击的入侵者
并发起攻击……

战斗结束了

狮子大口大口喘着粗气
看着遍地哀号的野狗们
它很老很老了
牙齿快掉光
毛也快脱光了
但它还是一头狮子

故事情节大概如此
醒来后，循规蹈矩的我
精神抖擞了三秒，才恢复正常

2019.11.1

重读《理想国》

神明在上，鄙人在下
黄叶铺满大地
和鲜花盛开在田野
代表了事物的来来去去
这是这个季节最后的一段余晖
阳光柔和而温暖
呃，天人合一，妙不可言

带着如此美好的心境
翻着《理想国》
道一声柏拉图先生，您辛苦了
重新咀嚼正义、善恶、公平
这些新鲜出炉的词
以及您，和苏格拉底先生
用这些纯洁的词，如积木一样
搭建起来的理想国
经几千年后，经过无数的朝代

无数的政客，无数的嘴，无数人经手后
早已面目全非
篡改。失传了。

2019.11.1

无题

（一）

终于，白猫，黑猫
和老鼠，达成了协议
他们和睦相处
这样，天敌自然灭绝了

（二）

摸着石头，过河
是件有趣的事
可以摸着石头过去
再摸着石头过来

（三）

一个十字路口
四个方向都是红灯
另一个十字路口
四个方向都是绿灯

第三个十字路口

没有装红绿灯

（四）

为什么一把好牌

会打成一把烂牌？

你是“大王”又算得了什么

别小瞧那些小牌

他们团结起来就是“炸弹”

（五）

把啄木鸟搞臭

是每一条蛀虫的梦想

把乌鸦嘴巴封起来

世界一派祥和

2019.11.15

小知识分子

学而优则仕
优不优，仕这条路
我是无路可走了
骨子里作祟的作威作福的念想
知趣地又回到骨子里了

脸皮太薄，看来经商也不是一块料
思来想去，这些年
读了那么多不切合实际的书
想了那么多不切合实际的问题
述而不作，议而不治
不如定位成一个小知识分子。

再思来想去
做个知识分子也难
先知们，前辈们把该想的问题都想过了
我重复想一遍有什么意义？

还有，该怎么想，该怎么说

大人物们也都安排好了

要我这颗脑袋

也只是摆设

2019.11.19

一束光

一束光的陪伴
让我觉得，此刻的世界
仅剩下一位好友
而一卷书册，更像是另一位好友

最难相处的人仍然是
自己和自己
我竟然未能让左手和右手
相互问候一次

就这样保持一刻的安静
让脉搏，心跳，呼吸
在演奏乐章
以至于曲终人散
我亦如醉如痴。

2019.12.6

症状

无数颗杂乱无章的
脑袋，在天空下
晃动，像炽热的灯泡
在阳光雨露下
接受养分，或被洗脑

起初是一片空白，无知
而后，大量垃圾填充进来
而后，表现出
虚妄，偏见，迷乱
自以为是的症状
最后，完全被愚蠢统治
并和愚蠢一起
载入墓志铭

那些日积月累的罪恶和善良
是土壤中长生不老的种子

2019.12.6

生肖

在十二生肖之外
是否可以再拥有一两个属相
这么大的动物世界
是不是应该多结交几位“好友”

起初，我想到了七星瓢虫
渺小，与世无争
在庞然大物面前装死
伺机溜之大吉
这简直就是我的一部分人生
而我，恰恰不善伪装
宁愿弱弱地生存
弱弱地出场，弱弱地谢幕

我还想到了燕子
和春天为邻
选一个好人家，在其屋檐下

筑巢，生子，繁育
在细雨中斜飞
是这个世界上最美的风景
清晨鸣啾
是这个世界最好的乐曲

呃，美好的事物
都是相依为命的

2019.12.13

纪念这个冬季

那天，很冷
北方的城市灰蒙蒙
每个人似乎腿上灌满了铅
行走匆匆，心事重重
尤其像我这年过半百
身体蜷缩得像一只老猫

在天桥上，一个女孩
也许是十八岁
穿着短绒毛衣
搭着一条红围巾
一蹦一跳，从身边飘过去
她微笑着，露出半张俊俏的脸
看样子心情不错
或者揣着一个什么小秘密
她这蹦蹦跳跳的样子
我们春天见过

夏天见过
孩提时代也表演过
但，她应该是唯一蹦蹦跳跳
走过这个冬天的人

我觉得这姑娘一定是沉醉在夏天，或春天
她一定是穿着裙子的感觉
她这么一蹦一跳地走过天桥
这座城市的冬天
被融化了。

呃，不能说老夫这把骨头
没有残留一点点青春
但是，这位蹦蹦跳跳的女孩
她满满的青春
即使在严冬，都溢出来了。

2019.12.28

我的每一根白发
都分担着我的负重

坑

看到一张照片里
布满了密密麻麻的
大大小小的坑

这坑的世界
我来过
我挖过
我跳过
我见过

这如坑的人生
思考了良久
凭吊了三秒
我眨了一下眼睛
就把它填平了

2020.1.10

树叶，你好！

在深冬的今天

一片树叶落在肩上

这是我庸常生活中的一桩大事件

我穿着厚厚的棉衣

而它，那么单薄的一片叶子

苦撑在树枝上

落在我肩上

它是想找个取暖的地方或说话的伴儿

我决定要结交这位朋友

一心一意接待这位伟大物种的使者

我必须代表人类

表现出友好、善良、热情

我必须代表人类表示感激

也必须代表一部分人类的恶行

向树叶表示歉意

我把它请到我的房间

和树叶好好聊聊

聊聊我深埋心底的心思

聊聊我的寂寥

聊聊我的污点

聊聊我对某些人，某些事的鄙视，愤怒，失望

聊聊人类中的恶棍，背叛，爱情，坚守

我还给它放了一段《舒伯特小夜曲》

总之，我滔滔不绝地给它说了太多太多

而树叶先生

它在安静，耐心倾听

我知道，对这些秘密

它会三缄其口。

最后，我把树叶

挽留在一本《苏东坡全集》里

这样，我，苏轼，树叶三位好友

可以一起度过这个冬季

2020.1.14

大胆

大胆！

一只无名氏小虫

竟然爬上床

妄想与寡人共枕

啪！

朕大怒，一巴掌把它拍死

呼来太监们，抬出尸体

悬挂在城门

警示那些小虫刁民

谁敢再胆大妄为

一阵铃声叫醒后

躺在床上，不禁感叹

老夫一枚知识分子

潜意识里，还藏着一个大王！

2020.1.16

中毒

鱼儿是无辜的
因为河水中毒了

鸟儿是无辜的
因为天空中毒了

风儿是无辜的
因为沙粒中毒了

乳汁是无辜的
因为母亲中毒了

雨滴是无辜的
因为云朵中毒了

血液是无辜的
因为心脏中毒了

2020.1.22

白发

雪，飘下来
落在中国大地上
也落在她的子民我的白发上
干渴的白发，接受了雪的滋润
再奋力长出新的白发
黑头发，是再也无力长出来了

位卑的我
负重着我的人生
因未敢忘忧国
又斗胆负重了半壁河山

因此，我的每一根白发
都分担着我的负重

2020.1.22

掩埋

好消息
掩埋了坏消息
坏消息
掩埋了好消息

我们掩埋了你们
你们掩埋了我们
它们掩埋了我们
我们掩埋了它们。

还有一种掩埋
是自掘坟墓

2020.1.27

在一片凌乱中
我要睁大眼睛，看清楚
谁背叛了谁
谁站在了谁的对立面
谁在躲避阳光

2020.2.7

这一天

这一天
我站在没有掩体的地方
高举旗帜
召唤所有的风
击穿我

这一天
不能留白
我要把天空
涂抹成幕布
让黑色主宰世界

占领者

在某种意义上
人类如蝗虫。哗啦啦掠过
自然貌似退出了战场
城市变成占领区
各种小区，像是占领者的据点
围墙的本能，是防守

慢慢地，在占领区和据点
草长起来了，树长起来了
鸟飞来了，蝴蝶也飞来了
发情的猫呀狗呀都来了
紫藤花开始爬满了墙……
蚯蚓在泥土深处蠕动
树上筑起了鸟巢。
再后来，孩子出生了
开始蹒跚学步，一天天长大
在院子里追逐嬉闹

小区越来越自然了

据点里，像是有一群友好相处的物种……

这样，最终，其实

城市又被自然收复了

2020.2.17

带刃的诗

现在，说很少的话
甚至懒得说话，亦懒得争辩
有这样的闲工夫
不如静静地喝杯茶
自己和自己相处

但是，我毕竟不是一块石头
我没有石头那样的沉默功力

所以，在一个不该写诗的年龄
我选择了写诗
写诗，其实就是一种妥协
我写诗，是想尽可能地减少滥用词句

在这样一个世道
写诗也是一种防守
这已经不是一个锋芒毕露的年月

我得用诗
把傲慢放在心里
把火种埋起来
把锋芒藏起来
把个性和立场折中一下

但无论如何
这些小诗，它与生俱来
带着刀刃
在沉睡的夜里
闪着寒光
以防范伪君子，恶棍，一切坏蛋
对我的围城
侵犯

2020.3.3

对立面

乌云心事重重
它有了主宰天空的梦想
它巨大的阴影
在大地上掠过
灵长动物们显得惴惴不安
唯有石头，山岳
在阴影下，不慌，不忙，不动

阴影孤独而压抑
它庞大的身躯
阻挡了空气的畅流
它左右了花期
它驯化了白杨
它让所有的鸟儿
飞翔在阴影里
接受它的庇护
和它单一的灰色调

最后，阴影
只剩下一个敌人
它站在了阳光的对立面
和阳光决斗。

2020.3.12

人之初，本是鱼

这是循规蹈矩中的一次反叛
所有划时代的猜想
都如出一辙
鱼儿，你这次要站在科学风口了
把你乔装打扮成史前的前辈
几十亿年的时光倒叙
就在几秒中读完
我把你茹毛饮血的历史
涂抹在一张白纸上
即便是巨婴
也是蹒跚学步的鱼
你何时才能长大成人呢？

我大概是这样叙事的：
大海是你的故乡
是你祖先盘踞的地方
是你保命的胎盘

你浪漫不羁的远行

终致晕头转向

丢失了腮

丢失了鳞

丢失了翅膀

丢失了回家的路

丢失了记忆

搁浅在陆地上

在一喘一息中

变成了一撇一捺的人

2020.3.18

无风的五月

五月到了，我也到了
风却没有到
无风的五月
这算不上一个好的约局
没有风的鼓舞
空气变得臃肿，懒惰
我在闷热中喘息
五月的花，开得并不精彩
更显得绿叶无关紧要
这真是一派祥和的平庸

风已失约，缺席了五月
我别无选择
我要自救
我把这散发腐败味道的空气注入丹田
在我的地心，酝酿出风暴
来漫卷这昏昏欲睡的
过度修饰的节日

2020.5.1

家国

女儿上学读书
在家享受格格待遇
夫人主持家庭政务事务
集总理大臣和仆人为一身
父亲眼高手低
距庙堂十万里
却不自量力
只问江山社稷

父亲骨子里帝王思想作祟
妄想回到封建时代
女儿和母亲
结成永久统一战线
抵御专横跋扈
石头剪刀布，一物降一物
有些爱，没有任何理论能给予解释

这样一套奇妙的命令体系

维系着我们家

在专制和民主秋千中摆动

变成超级稳定权力结构

国也一样

过日子，都是这样

不要鸡飞狗跳，不折腾

不要剧烈颠簸，实实在在

每天让人踏实一些，快乐一些

最高境界，就是

室雅人和美。

2020.6.12

父亲节

今天

全体父亲

要像孩子一样

被宠爱

被温柔

被赞美

并，插上羽毛

飘荡

以减轻世界的重量

2020.6.21

后记：在动荡中自我修复

在2015年至2020年之间，我写了300多首诗，选了近200首出了这本书。这个时间段，世界和中国在经历剧变，我们个人的世界也在随之跌宕，我依然保持了独立思考的习惯，并借用了诗体这种表达方式。

进入互联网时代，我使用最多的笔名是抱剑先生。是的，这已不是个仗剑的时代，但不可无侠义精神，这托付了我一种很深的不仅限于怀旧的情结。早期还用过无定河之子，这个名字隐喻了我的出生地，毕竟每个人都是有自己根蔓的。我应该算得上是个资深媒体人，曾经在某知名媒体做过十二年总编辑，这让我更加深入地洞察了中国。我注定终身受益于读书并独立思考，以此来完成自我启蒙和开智，并保持对麻木和碎片知识的警觉，和对痛苦的知觉。

我写诗是因为诗用词少，这样可避免对词语的滥用。我和诗歌界、和诗人没什么关系，我不想玷污人家的殿堂，也无意愿拜在此坛下。我对世俗生活的眷恋已达到不可自拔的程度，所以，从不敢声称自己拥有清洁和高傲的灵魂。因此，写诗，有唤醒和救赎自己心灵的初衷。写诗是记录自己精神世界的动荡，受难，解脱，再平衡。也是我和时代的相互映射。也许是自恋，我的诗绝不会肤浅，所以，所有肤浅对号入座的行为，我都表示不认同。你可以任意理解，但不可强加于我。诗歌不是闭环的，是多维开放的，你理解成什么样子，代表了你自己的样子。

时间对于我来说正在加速。快乐，简单，深刻，防守，这些是第一位的。但我一直会有自己的态度和坚守。总而言之，像地火一样，你可能看不见我的燃烧，事实上，我一直在燃烧。

最后，请允许我特别地表达感谢。我的感谢是高纯度的，没有一丝客套。

首先感谢我的挚友陈坚先生，是我俩先商量决定出这本书的，他纯粹地支持和保障了我做这件事。

感谢我的兄弟李青先生。在精神属性上，几十年来我们一直是相依为命的。

感谢果麦文化路金波先生，他是触觉和悟性一流的出版人。

感谢诸宏、衣晓丹、田东风、程勇、张静。晓丹帮我完整整理了这几年的作品。

2020.9.11 晚

抱 剑

产品经理 | 曹俊然 装帧设计 | 林 林
冯 晨 责任印制 | 刘世乐
技术编辑 | 丁占旭 出 品 人 | 路金波

图书在版编目（CIP）数据

抱剑 / 鲍剑著. -- 南京：江苏凤凰文艺出版社, 2020.10

ISBN 978-7-5594-5192-7

Ⅰ. ①抱… Ⅱ. ①鲍… Ⅲ. ①诗集—中国—当代 Ⅳ. ①I227

中国版本图书馆CIP数据核字（2020）第178167号

抱剑

鲍剑 著

出 版 人	张在健
责任编辑	王 青
出版发行	江苏凤凰文艺出版社
	南京市中央路165 号，邮编：210009
网 址	http://www.jswenyi.com
印 刷	天津市豪迈印务有限公司
开 本	1092 毫米 × 840 毫米 1/32
印 张	11
字 数	50千字
版 次	2020 年10月第1版
印 次	2020 年12月第2次印刷
印 数	3, 001—6, 000
书 号	ISBN 978-7-5594-5192-7
定 价	68.00 元